本物の方の勇者様が
捨てられていたので
私が
貰ってもいいですか？

「この子は私が育てます！
私が立派な勇者にしてみせます！」
リヒト
光の勇者候補として
召喚された小学生。
マリアベル
ハーフエルフに転生した
お姉さん。ソロで活躍する
高ランク冒険者。

シンシア
カトレアを守る
女騎士。
カトレア
六聖神星教の
高慢な姫。
ルイ
光の勇者候補として
召喚された中学生。

「おはようございます。あれ？この髪誰の…………
痛っ!? え？」
ベッドで波打っている
銀髪に気づいたリヒト君は、
それが自分の髪と知らず引っ張ってしまった。
美の神はドジッ子属性も持ち合わせているらしい。恐れ入る。

本物の方の勇者様が捨てられていたので私が貰ってもいいですか？

Author
花果 唯

Illustration
村上ゆいち

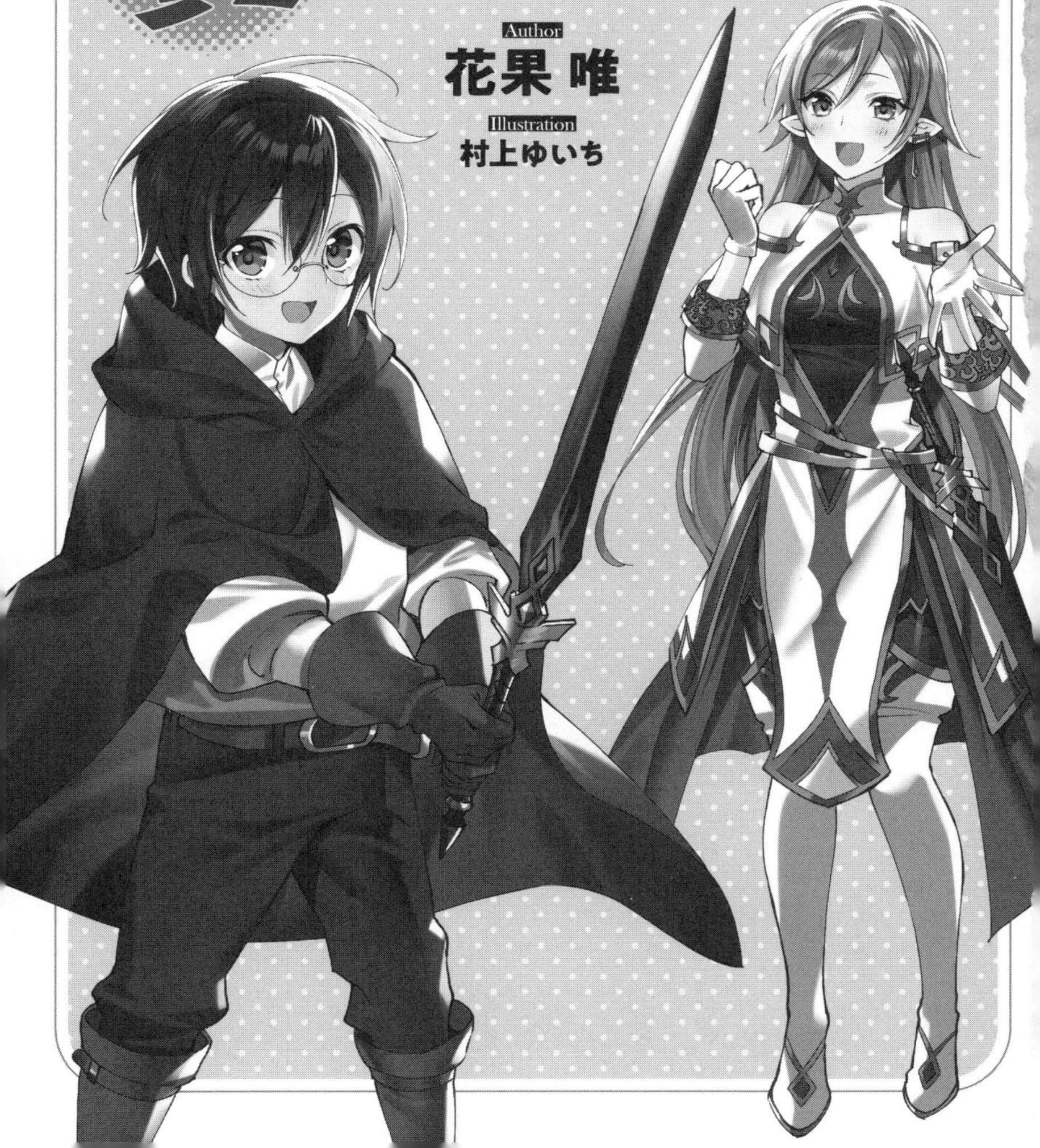

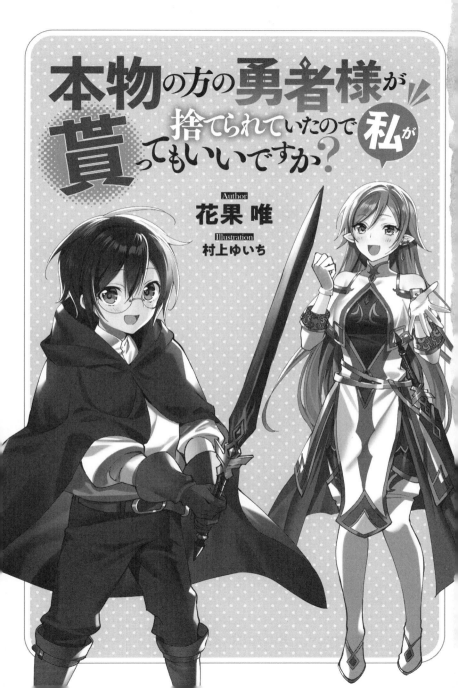

口絵・本文イラスト
村上ゆいち

装丁
AFTERGLOW

CONTENTS

一章　私が貰《もら》います

「グオオオオオオオオオオオオオオッ！！！」

森の厄災フォレストコングが咆哮《ほうこう》を上げる。

生い茂る草木がビリビリと震えるが——ここはダンジョンの中だ。屋外かと錯覚するほど天井は高く、視界の限りに自然が広がっているが、たしかにダンジョンの中なのだ。

フォレストコングが敵に死の宣告を与えるかのように胸を打ち鳴らすと、その振動でフロアが揺れた。木々にとまっていた鳥たちが羽ばたき、逃げていったのを皮切りに戦闘が始まった。

フォレストコングに対峙《たいじ》しているのは私一人。

本来はパーティーを組んで倒さなければいけない強敵だ。

私のような小娘には到底倒せないはずだが……問題ない。

フォレストコングが巨体を高速回転させ、地響きと砂埃《すなぼこり》を引き連れて突っ込んできた。

だが、分かっていたことなので難なくかわす。

私が一人でも余裕でいられるのは、フォレストコングと前世でも戦ったことがあるからだ。

「前世で戦ったのはゲーム上だったけれどね」

私は前世でプレイしていたMMORPGの世界に転生した。

MMORPGとは、大規模人数が同時にオンライン上でプレイすることのできるロールプレイングゲームだ。

この世界の基となったゲームは、精霊が存在しているファンタジーな世界が舞台だ。

世界中で暴威を振るう『魔王級の魔物』を六属性の勇者たちと倒し、世界を守るというメインのストーリーパートのほか、ダンジョン攻略や探索を目的としたクエストなどを楽しめる。広く美しい世界を堪能することができると人気があった。

ぼっちで平凡な会社員だった前世の私は、このゲームにどっぷりとハマり、時間と給料の多くを費やした。母が再婚してできた新しい家族になじめず、一人暮らしをしていたこともあり、相当やりこんだものだ。

交通事故にあって生涯を終えたが、最後のときまでゲームのことを考えていた気がする。

自分の分身となるキャラクターを作る『キャラクターカスタマイズ』の自由度が高かったのもゲームの人気の理由の一つで、私もかなり時間をかけて自分好みに仕上げた。

……まさかその姿で生きていくことになるとは思っていなかったが。

前世の記憶を思い出したのは、二歳か三歳になった頃、初めて使った魔法に失敗し、気を失ったことがきっかけだった。

はじめはただ異世界に転生したものとしか思っていなかったが、成長するにつれて自分の容姿がゲームで作ったキャラクターに近づいていったことで、ここが前世でプレイしていたゲームの世界だと気がついた。

キャラクターカスタマイズでエルフの特徴である長い耳と、エルフにしては身長が低めで肉付きがよいドワーフ要素のある体つきにしたからか、私はエルフとドワーフのハーフとして生まれた。

異種族間に生まれた私は育てにくかったのか、幼少期に行き場のない子どもたちを保護する施設の前に捨てられた。

我ながらなかなか酷い境遇だと思うが、幸か不幸か一度目の人生で一人でいることには慣れていたし、ゲームと同じ冒険者にさえなれれば、知識を活かして生きていけそうだと目算が立っていたので悲観はしなかった。

実際に施設を出てからは特に不自由することもなく冒険者として旅をして生きてきた。

エルフとドワーフという長寿の種族の血を引くため、私も長い人生になるだろう。またずっと一人なのかと思うと寂しさを感じることもあるが、つらい思いをして誰かといるよりいい。

せっかく大好きなゲームの世界に転生したのだ。今世では自由に伸び伸びと生きていきたい。


「おっと、隙あり!」

高速回転で突っ込んできたあと、ふらついたフォレストコングに蹴《け》りを入れる。

すると巨体は地面に倒れ、狙っていた通りの無防備なスタン(気絶)状態になったので、ここぞとばかりにガンガン斬り込んだ。

私は魔法の方が得意だが、攻撃力の高い魔法の発動には少し時間がかかる。

スタン時間は短いので、こうやって物理攻撃で畳み込んだ方がダメージを与えられるのだ。

「グアアアアアアッ！！！」

スタン状態から回復したフォレストコングがまた胸をどんどんと叩《たた》き出した。

次の攻撃は土の中から槍《やり》のように鋭く尖った木の根が無数に突き出してくるはずだ。

貫通効果がある攻撃なので、くらうと防御していても相当ダメージを受ける。

モズの早贄《はやにえ》状態にはなりたくないので回避できるルートを辿《たど》りながら、さらに次の行動を予測する。恐らく眷属《けんぞく》の魔物を召喚するだろう。

召喚されても倒すことはできるが、時間がかかってしまうので面倒臭い。特に飛び回る鳥系魔物が鬱陶《うっとう》しいのだ。

召喚魔法を使っているところにダメージを入れると阻止することができる。案の定召喚を始めたのですかさず叩き斬り、詠唱をキャンセルさせた。

さあ、また地道にダメージを入れていくかと構えたが、フォレストコングは耳をつんざくような雄叫びを上げて倒れた。

「あれ？」

どうやら断末魔の叫びだったようだ。思っていたよりもあっさりと倒せてしまった。

「私、またレベルが上がったのかな？」

冒険者としてはレベル30もあればそれなりにやっていける。

だが私のレベルは80を超え、ゲームでは上限だったレベル１００に迫っている。

もうフォレストコング程度では上がらないと思っていたのだが、積み重ねていた経験値が溜《た》まったのかもしれない。

「こんなに強くならなくてもよかったんだけどなあ。悲しいほど一人で生きていけるよ」

人生二回目。ハーフエルフのマリアベルとして生きている今世でも順調にぼっちだが、いつかは一緒にいたいと思える人に出会えるだろうか。

◆

ここは森に囲まれた田舎町モーリス。辺鄙《へんぴ》な場所の割には施設が充実している過ごしやすい町だ。

私は冒険者としてクエストをこなしたり貴重なアイテムを集めて旅をしているが、今はこの環境が気に入ってしばらくこの町に滞在している。

冒険者が利用するギルドも、この規模の町なら平屋建てがほとんどだが、モーリスのギルドは木造で年季が入っているものの二階建てで立派だ。

一階には町の人たちもよく利用するショップが入っているし、近所の時間を持て余している人たちが井戸端会議をしていたりするので、混雑するほどではないが人の声が途切れることはない。

今日も現役時代の武勇伝を自慢し合っているおじいさんたちの横を通り、ギルドの二階へ続く階段を上がった。フォレストコングでお手玉してやった！　は話を盛りすぎだぞ、おじいさん。

二階は冒険者向けの施設になっているため、一階より人の姿は少ない。

今も受付カウンターに一人、掲示板を見ている人が二人いるだけだ。

「あ！　ベルさん、おかえりなさい！」

空いているカウンターから私の愛称を呼ぶ声が聞こえた。

顔なじみのギルド職員であるサリナがこちらに手を振っている。気さくで親しみやすいサリナは人見知りする私の数少ない話し相手だ。

「クエスト完了ですね？」

カウンターへ行くと、用件を悟ったサリナが返事を聞くより前に手続きを進め始めた。

私は口下手だから話が早くて助かる。

「えーと、少々お待ちくださいねえ。あ、またフォレストコングの討伐ですか！　今回もソロですね？　ゴリラみたいなおっさんたちが寄ってたかっても倒すのが大変なのに、すごいですねえ。いつも不思議なんですが、そんなに細い腕でどうやって倒しているんですか？　あ、ベルさんの実力を疑っているわけではないですよ！　単純に不思議だと思っているので興味というか、麗しき乙女があのでっかい魔物をやっつけているところを見てみたいというか！　筋肉達磨連中にも見て学べと見学させてあげたいですね……って、あ。早く仕事しろ！　って思ってます？　私、喋《しゃべ》ってますけど手は動かしているので大丈夫です！」

私はなにも言っていないのだが、サリナが一人で話を進めていく。高いトーク力のなせる技か。

私には真似できない。

「分かってる。サリナが有能なのは知っているわ」

ちゃんと手が動いているのは見えているし、いつもきっちり仕事をしている。

あまり表情筋の動かない私だが、精いっぱい微笑《ほほえ》んでみせるとサリナがこちらを見て固まった。

隣のカウンターにいた職員と冒険者もこちらを見て固まっている。

視線を向けると、二人はわざとらしくゴホンと喉《のど》を鳴らしながら自分たちの作業に戻った。なに？

「ベルさんが笑った！　やっぱりベルさん笑った方が素敵ですよ！　美人なんですから！　こんな危険な冒険者なんかしなくてもその微笑み一つでお金を差し出す奴なんていくらでも……あっ、でも、それをしないのがベルさんの神聖な美しさを際立たせているんですよね！　安売りはしないという姿勢に惚《ほ》れます、痺《しび》れます！」

普段から無表情でいることが多いので、笑顔が物珍しいことは自覚しているが、注目されると恥ずかしい。

「……はい！　手続きは終わりました。報酬は振り込み済みです！　他にご用はありますか？　クエストを受けていきますか？」

照れているうちに有能なサリナが仕事を終えていた。

「今日はもうやめておくわ」

「分かりました。では、また！」

サリナに別れの挨拶《あいさつ》をし、階段を下りようとしたところで、一階から上がってきた男が声を掛けてきた。やや腹のでた大柄な中年男性で、このギルドのサブマスターをしている人物だ。

「お前はまたイカサマで荒稼ぎしにきたのか？」

一瞬目が合ったが軽く黙礼だけしてすれ違った。こういう輩《やから》は相手にしないことが一番だ。

「あ！　ダグさん、またベルさんに根拠のない言いがかりをつけていましたね？　失礼ですよ！」

「サリナ、お前はまたあいつに金を払ったのか？　ちゃんと確認しろと言っているだろう？」

「していますよ！　間違いなく、ベルさんはクエストを達成しています！」

「あんな小娘が怪我《けが》一つせず、一人でフォレストコングを狩れるわけがないだろ。……まさか、今日もまたフォレストコングじゃないだろうな？」

背後から聞こえてきた会話に「そのまさかですが」と心の中で答えておいた。ダグは名の売れた冒険者だったが数年前に怪我をして、それからはこのギルドで働いているらしい。

私はこの町にきた当初からダグに不正を疑われ続けている。自分も冒険者だったから、私のクエスト達成内容がおかしいと分かるのだそうだ。この小娘にはそんな力量はない、と。

理解してもらうことは不可能だと分かっているので、極力関わらないようにしている。というか、好きでも嫌いでも、積極的に人と関わろうとは思わない。

「きっと私は一生このままなんだろうなあ」

誰かと時間を共有することなんてないのだろう。このときは本当にそう思っていた。

◆

その日はアイテム作りに必要な素材集めをするため、私はモーリスから少し離れたところにある暗い森にきていた。

実がなる木もなければ、害になる魔物もいない。誰も立ち入らないような場所だ。

ゲーム知識で珍しい素材が稀《まれ》に手に入ることを知っていた私は、暇な時間を見つけてはここを探索していたのだが――。

「今日は珍しいものがいるわね」

なにもない森を突き進む集団を発見。こんなところになんの用だろう。

冒険者を装っているが明らかに騎士の男が数人と騎士の女が一人。

そして彼らの護衛対象だと思われる身分が高そうな若い女がいた。

さらに見知った顔が一人。私を目の敵《かたき》にしているギルド職員のダグだ。

ダグはギルドで管理しているはずの『精霊のカンテラ』を手にしていた。

鮮やかな虹色《にじいろ》の光を放つカンテラは、ゲームでは光の勇者とのイベントが起こる『精霊の星見塔』に入るための貴重なアイテムだ。

『精霊の星見塔』とは、この森の奥にある精霊が集まる神聖な場所のことだ。

一番近いモーリスのギルドは精霊のカンテラの管理を任されており、万が一盗難や損壊があった場合はギルドの責任問題になるはずである。

怪しい面子で持ち出しているようだが、ちゃんと許可はとっているのだろうか。

不穏な気配しか感じないので、姿を隠しながら探ってみることにした。

見失わない程度に距離をあけ、あとを追う。

森の少し奥まで進んだところで先導するダグが立ち止まり、精霊のカンテラを掲げた。

すると蜃気楼《しんきろう》のような揺らめきが広がり、傾いた円柱の塔が姿を現した。

ゲームでも見たなあ、この光景。

ゲームでのイベントエリアとなる、精霊が集まる場所——精霊の星見塔だ。

「……いたわ！　勇者様！」

勇者が……いた？　私は身を隠しつつ全体を見渡せる場所へと回り込んだ。

「わあ……」

視界に広がる美しい光景に、潜んでいることも忘れて思わず声を出してしまった。

夜空に六色の蛍のような光が舞っている。

精霊の姿は本来精霊に愛されている者しか見ることができないが、この場所は特別で精霊たちが気分次第で姿を見せてくれる。

この世界にはファンタジーではおなじみの火・水・地・風・光・闇の六属性があり、精霊と呼ばれる存在はこのどれかに属しており、属性に由来する光をまとっている。

精霊たちの光が暗い森を照らす幻想的な光景の中、金髪と黒髪、二人の子どもが倒れていた。

「…………あ！」

二人の内、黒髪の少年に目を留めた私は驚いた。

彼は前世でよく見かけた黒のランドセルを背負っていたのだ。

顔つきもどう見ても日本人だ。小学校高学年くらいだろうか。

ああ、懐かしいなあ……もう二度と会うことはないと思っていた同郷の人が目の前にいる！

もう一人、金髪の少年は黒髪の少年より少し年上、中学生くらいに見える。

目は閉じているが整った容姿だと分かる。モデルをしていそうで、手足も長くスラリとしている。

とても目を惹《ひ》くが……私は黒髪の少年が気になって仕方がなかった。

精霊たちが黒髪の少年を取り囲むように集まって来ているからだ。

様々な属性の精霊が集まってきているが、とりわけ白の光を放つ精霊が多い。

精霊たちは彼の周りで弾むように舞っていてなんだかとても嬉《うれ》しそうだ。これって……。

「見たことのない服……。話で聞いた異世界からきた勇者様に間違いないわね！　光の大精霊様がわたくしをお導きくださったのよ！」

「お告げは光の大精霊様からだったのですか、カトレア様」

「光の大神殿で聞いたのだから、そうに違いないわ。さあ、倒れている勇者様をお救いしましょう」

「分かりました。しかし、異世界人が二人ですか。どちらが勇者様なのでしょうか」

「シンシア、見れば分かるでしょう？　どう見てもこちらの方でしょう！」

身なりのいい女――カトレアは倒れている金髪の少年のそばにしゃがみ、放り出されている少年の手をぎゅっと握った。…………え？

「だってお顔がうつく……ごほんっ」

「？」

「見なさい！　薄暗い中でも太陽のように輝くこの黄金の髪！　光の勇者様に間違いないわ！」

目を輝かせながらカトレアは言い切った。その様子は堂々としていて、世界に向けて宣言するかのようだ。

周りにいる騎士たちは納得したように「おお……勇者様……！」とか言っちゃっているけど、カトレアは最初に「だって顔がいいもの」的なことを言おうとしていなかった？

女騎士――シンシアやダグまでも「たしかに」と頷《うなず》いているが、私は大いに異議あり！

どう見ても‼　勇者は黒髪の少年でしょうっ！！！

精霊たちのあの浮かれていると言ってもいいような様子を見れば一目瞭然《いちもくりょうぜん》だ。

『勇者』とは、精霊たちの長である六属性の大精霊が創造した『大精霊の武器』を持つ者だ。

勇者はゲームのストーリーパートで登場するプレイヤーが操作しないNPCだ。そして、精霊に好かれるというのはゲームのプレイヤーなら誰でも知っている勇者の特徴の一つだ。

この世界で最大の脅威である『魔王級の魔物』は、大精霊の力が宿る大精霊の武器でしか葬り去ることができない。だからこそプレイヤーは魔王級の魔物が生まれる秘密に迫り、世界に平和を取り戻すために、勇者と協力して立ち向かうのだ。

この世界には大きな戦力であるプレイヤーがおそらく私しかいないし、魔王級の魔物を倒せる勇者の存在はゲームのとき以上に貴重だ。そのため、勇者は世界を救う者だと言われている。

ＮＰＣの光の勇者が異世界から召喚されていただなんて話、聞いたことがない。けれど、白い光を放つ光属性の精霊に特に好かれているこの様子を見ると、黒髪の少年は光の大精霊の武器を手にする光の勇者に違いない。

たとえ精霊に好かれるのが勇者の特徴と知らなかったとしても、これだけ精霊が一人に集まっていれば、黒髪の少年が勇者だと分かるでしょ！　と思ったが、様子を見ていてふと気がついた。

「カトレアたちには精霊が見えていない？」

私は前世でプレイヤーだったからか、どの属性の精霊も見ることができるけれど、精霊は好まない者には姿を見せない。カトレアたちは精霊たちに気に入られなかった？

黒髪の少年に対して悪意があったか、人間性を好まなかったか――。

だけど、勇者という点を除いても私はあの黒髪の少年がとても気になる。

普通の子、といった印象。大人しそうなところが前世の私と似ているからだろうか。

他に特徴的なことはないのだが、見ているとなんだか放っておけないような気持ちになる。

「彼のことはどうなさいますか？　彼も勇者である可能性はゼロではないのでは？」

シンシアが黒髪の少年へと視線を向けると、カトレアは顔を顰《しか》めながら答えた。

「『黒』を持つ者が光の勇者様なんておかしいわ。でも……そうね。今は二人とも勇者候補として連れていきましょう。勇者じゃなくても使い道はあるかもしれないわ」

カトレアの言葉に私は思わず眉間《みけん》に皺《しわ》を寄せた。

あー……なるほど。カトレアはやたら『白』を身にまとっているなと思ったら光凶徒《きょうと》だったか。

六属性の大精霊を崇める『六聖神星教《ろくせいしんせいきょう》』という団体がこの世界で最もメジャーな宗教だ。

六聖神星教は全ての精霊を等しく崇める——ということになっている。だが、なかには特定の属性だけを崇める『凶徒』と呼ばれる六聖神星教徒もいるのだ。

この国、アレセティでは光の大精霊を強く崇める者が多く、特に光凶徒は光と相反する闇を嫌う傾向がある。カトレアはそれに該当するようだ。

光は白、闇は黒。だから黒を持つ者が光の勇者とは思えない、ということである。

カトレアはこの連中の中で一番若いが、最も発言力があるように見える。

そんな人物が黒髪の少年を保護するなんて、大丈夫だろうか。

「うっ……」

「痛……」

思案しているうちに倒れていた二人が目を覚ました。

カトレアと騎士たちは二人から少し離れ、膝《ひざ》をついた礼の姿勢をとると声を掛けた。

「勇者様方、お身体《からだ》の具合はいかがでしょうか」

「誰だ？　ここは……森？」

「勇者様？　え？　ぼ、僕のこと⁉」

二人は周囲を見回したり、カトレアたちを見ながら呆然《ぼうぜん》としていた。

黒髪の少年のきょとんとしている様子がかわいい。

やはり日本人のようで、長めの前髪と銀縁眼鏡《めがね》からちらりと見える瞳《ひとみ》も黒だ。

金髪の少年の方に目を向けると、ここは二人が生きてきた世界ではないこと、勇者として召喚されたことを説明しているカトレアを睨《にら》んでいた。なかなか気が強そうだ。

「どうか我が国にお力添えを……勇者様」

「……勇者、ね。本気で言っているのか？」

「僕が……勇者……」

金髪の少年は話の真偽を疑っているようだが、黒髪の少年は目をキラキラと輝かせていた。

勇者とかヒーローに憧《あこが》れるお年頃なのだろうか。かわいい。ただただかわいい。保護すべきかわいさだ。

ついつい頬を極限まで緩ませてしまったが、ふとカトレアを見ると、黒髪の少年を冷めた眼差しで見ていた。

金髪の少年が質問を始めたのでその目は一瞬だけだったが、私はしっかりと見た。

やはりカトレアが黒髪の少年を保護するのは心配だ。

そう思った私は、彼らをこっそり監視することにしたのだった。

◆

森から出た彼らはモーリスに入った。カトレアが安宿に泊まるのを渋ったため、高級な宿に部屋をとっていたが、普通の冒険者はこんな宿には泊まらない。

冒険者を装っていたようだが、素性を隠さなくてもいいの？　なにをしたいのかさっぱり分からないが、黒髪の少年が気持ちよく過ごせる環境を用意してくれたのだから「いいね！」を贈りたい。

ダグは町に戻る前に騎士たちとは別れた。

後日、何度かダグが宿を訪れていたようだが、ギルドの極秘の任務というよりは「疚《やま》しいことをしています」風に見えた。

勇者を抱える組織はそれだけで信仰や信頼が高まり、大きな利益を得ることができる。それに所属さえさせてしまえば勇者の行動をある程度制御することだって可能だ。

だからこそギルドや六聖神星教は、常に数少ない勇者を取り合っている。

ギルドが協力して六聖神星教の者に勇者を渡すなんてことは考えられない。

ダグがやっていることは十中八九疚しいことなのだろう。

勇者候補として迎えられた少年たちとカトレアたちはモーリスに滞在しながら、少し離れたところにある、私がフォレストコングを倒したあのダンジョンに挑戦するようだ。

この世界でのダンジョンとは、魔物が出現する迷宮のことを指す。

遺跡などの建造物や、森や火山といった自然のものなど形態は様々だが、あのダンジョンは地下に延びているタイプの迷宮で、各階層で階段を発見して下りていかなければならない。

地下十階までの上層は人工的な石壁の入り組んだ通路で構成されているが、地下十一階からの中層になると森の中にいるような自然が広がっている。

おそらく最深部にある勇者の証明ともなる光の大精霊の武器を入手したいのだろう。

ゲームでは光の勇者はストーリーパートの途中で登場する。たしかそれまで光の勇者の座は空席のはずだ。

もしもゲームと同じなら、各属性に一つしかない大精霊の武器のうち、光の大精霊と闇の大精霊の武器はまだ誰も手にしていないはずだ。つまり、金髪の少年はとうとう見つかった光の勇者だと思われているのだ。違うけれどね！

ダンジョン内は魔物がいて危険な上、大精霊の武器を手にするには大精霊の試練を乗り越えなければならないため、二人は修業を始めたようだ。

真面目にやっているのは黒髪の少年だけだけれどね！

金髪の少年も体力作りなどの基礎練習から入るように周りは説得していたが、そんなものはしなくても大丈夫だと拒否。指示には従わず、毎日好き勝手に動いている。

ちなみに、金髪の少年の名はルイというらしい。

カトレアが金魚の糞《ふん》のように「ルイ様、ルイ様」と呼びながらついて回っているので覚えた。

シンシアも二人に張り付いているし、ルイの周りには必ず二人以上の付き添いがいる。

一方、黒髪の少年は騎士たちに師事しているようだが、体力作りに「走れ」と言われて放置。

おざなりに剣の振り方を教わったあとは「素振りをしていろ」と言われて放置。

基本放置され、黒髪の少年はいつも一人だ。

連中を一通り殴ってもいいですか？　これは指導とは言わない。

こいつらが日本で教師をしていたとしたら、私は教員免許を、全力稼働させた焼却炉へ渾身《こんしん》のストレートで投げ込んでいるだろう。

免許だけではなくご本人ごとど真ん中ストライクで投入したいところだ。

よかったね、ここが日本じゃなくて！

稀《まれ》にシンシアも顔を出すが、「真面目にやっているようだな」と感心して去っていくだけだ。

カトレアの護衛に加え、ルイを鍛えてやろうと必死で、黒髪の少年の方を構う余裕はないようだ。

あなたも焼却炉行きでいいですか？

そんなひどい待遇なのに、黒髪の少年は一生懸命だ。

あまり運動は得意ではないようですぐにバテているが、泣き言を言わずにがんばっている姿を見ていると涙が止まらない。転生してから初めて泣いた。

ああ、あんなに足場の悪いところを走って！　アスファルトの道路に舗装してあげたい！

私がか弱いハーフエルフなんかじゃなく、ロードローラーにでも転生していれば……！

見れば見るほどルイと黒髪の少年への扱いに差があることが分かる。

森でのやりとり通り、黒髪の少年には期待していないのが透けて見える。

それなのに健気にがんばっている黒髪の少年を見ていると心が痛い。

「あ！」

疲れた足で凸凹した道を走っていたせいか、黒髪の少年が転んでしまった。今までは我慢して見守ってきたが、膝から流れている血を見て思わず飛び出した。座り込む少年のもとに駆け寄る。

「大丈夫⁉　痛いよね⁉　すぐ治してあげるから！」

突然やってきた私に、黒髪の少年は目を丸くしている。

魔法で怪我《けが》を治してあげると今度は治った膝を見て目を丸くしていた。魔法を近くで見るのは初めてだったかな。固まっていた黒髪の少年はハッとして立ち上がると、綺麗《きれい》にお辞儀をした。

「あのっ、治してくださってありがとうございます」

「どういたしまして。怪我はもう大丈夫だけれどすごく疲れているみたいだし、休んだ方がいいよ？」

「心配してくださってありがとうございます。でも、もう少しがんばろうと思います」

「でも……」

「今できることを精いっぱいやりたいんです。親切にしてくださってありがとうございました！」

そう微笑《ほほえ》むともう一度頭を下げ、黒髪の少年は再び走りだした。

「今できることを精いっぱいやりたい、か」

前世の私とあの子は似ていると思っていたけれど、環境から逃げただけで前向きになれなかった私とは違い、あの子は一生懸命前に進んでいる。いい子なだけじゃない、強い子だ。

カトレアたちの態度を見ていると連れ去りたくなるが、こんなにがんばっている様子を見ると私の判断で勝手なことをしていいものか迷う。

騎士たちに隙を見てちまちま小石を投げることしかできないお姉さんを許して……。

ＨＰを半分くらいは削ってやったから！

◆

それからも黒髪の少年は直向《ひたむ》きにがんばる日々を送った。騎士たちが指導する修業内容は相変わらずお粗末だし、ルイばかり気にかけて黒髪の少年を放置するのも変わっていない。

本当にこのままでいいのだろうか。

そして今日――。

いつものように彼らの泊まっている宿を眺めていると、金髪の少年、ルイを先頭にカトレアや騎士たちが出てきた。

またあの子だけ除《の》け者か！　と憤っていると、黒髪の少年が宿から飛び出してきた。そこに黒髪の少年はいない。

「やっぱり、納得がいきません！」

普段の大人しい様子とは全く違う。小さな肩を震わせて全身で怒りを露わにしていた。

「なにがご納得いただけないのでしょうか？」

足を止めたカトレアが振り返り、見覚えのある冷たい目を黒髪の少年に向けた。

「だって……僕も、僕も勇者だって……！」

黒髪の少年の言葉を聞くと、カトレアは大げさに溜息《ためいき》をついた。うぐぐっ、イラッとする！

木を引っこ抜いて投げつけたいが、彼の身になにが起こったのか知りたいので堪《こら》えて見守る。

「いいですか？　先程もお伝えしましたが、我々が受けたお告げに該当する光の勇者様はお一人のみだと確認が取れたのです。ですから、勇者はルイ様だと……あら？　まさかご自分の方が勇者だと？　ルイ様より勝っていると？　なにもできないあなたが？」

「そ、それは……でも……」

勇者は各属性に一人しかいないが、カトレアたちは勇者が一人だとは認識していなかった。だから黒髪の少年が光の勇者ではないという決定的な証がない間は保護していたが一人だと分かったことで、見た目や能力で勇者だと判断したルイ以外はいらなくなった。そのうえ力もないのなら使い道もない、と邪魔になったということか。

なんてお馬鹿さんたちなの！　揃《そろ》いも揃って目がグレートブルーホールくらいの節穴のようだ。

だから！　勇者は！　黒髪の少年の方だってばー！

「お前には無理だよ」

なにも言い返せずにいる黒髪の少年に向かってルイが吐き捨てた。

「お前は走り回ったり、木の棒をブンブン振り回したりしていただけだろう？」

「………っ」

無理だと言うルイに戸惑っていた黒髪の少年が、基礎訓練を揶揄《やゆ》するような言葉にカッと顔を赤くした。羞恥《しゅうち》と怒りを堪えるように握りしめた拳《こぶし》が震えている。

「オレはもう、魔物を倒したぞ？」

「ま、魔物？」

「ああ。ダンジョンにいる魔物だ。お前が遊んでいる間、オレはダンジョンで鍛えた。地下三階まで進んだから、今日からは地下四階だ。お前なら地下一階で死ぬだろうな」

たしかに基礎訓練を拒んだルイはダンジョンに潜っていた。でもそれは、ルイの勝手な行動に慌てた騎士たちがついて行き、守ってくれていたからできたことだ。

それなのに一生懸命、真面目に特訓していた黒髪の少年を馬鹿にする態度……許せない。

「じゃあな。もう無駄なことはするなよ」

冷めた目で黒髪の少年を見下ろすとルイは去って行った。

そのあとをカトレアたちがついて行き、黒髪の少年は取り残された。くやしさに唇を噛《か》みながら立ち上がれずにいる。

『がんばろうと思います』『今できることを精いっぱいやりたい』

そう言って笑っていた少年の顔を思い出す。こんな結果になってくやしいに違いない。

飛び出していって抱きしめてあげたいけれど、知らない人にそんなことをされても戸惑うだけだろう。見守ることしかできないのがくやしい。

取り残された少年はしばらく動けずにいたが、なにかを決意したのか、強い眼差しで走り出した。

慌ててあとを追う。

「やっぱり……」

辿《たど》りついたのはパルテノン神殿のような建物。ルイたちが潜っているダンジョンの入り口だ。

「ルイたち、今日は地下四階って言っていたっけ……」

地下四階程度だと強い魔物はいないが、ろくな装備も身につけておらず、実戦経験が全くない黒髪の少年には十分危険だ。

「あっ！」

黒髪の少年は止める間もなくダンジョンの中へ走って行ってしまった。入ったばかりの階層にはほとんど魔物がいないのだが、イビルラットというねずみのような魔物はいる。

命に関わる怪我はしないと思うが、心配して慌ててあとを追うと――。

「うわあああ！　来るな！」

懸念していた通り、黒髪の少年がイビルラットと遭遇してしまったようだ。

少年は練習用に渡されていた木刀で必死にイビルラットと戦っているが、頬や腕にかすり傷ができている。なんとか一体倒したが、他の二体が同時に黒髪の少年へと飛びかかった。

黒髪の少年は避けることができないだろう。思わず私が助けに入ろうとしたとき――。

「なんだ。叫び声が聞こえたと思ったら、またお前かよ」

すぐ下の階層にいたのか、階段の方から現れたルイが、切れ味のいい剣でイビルラットをあっさりと倒した。

「ルイ君！　あ、ありがとう……」

安心して力が抜けたのか、黒髪の少年はその場にへたり込んだ。

それを見てルイやカトレアがクスクスと笑う。シンシアは馬鹿にしている様子はないが苦笑いだ。

笑われていることがわかった黒髪の少年は顔を赤くしている。

「は、初めて魔物を見たから……。でも、修業して強くなるから！　だから僕も連れて行って！」

「お前が強くなるのを待っていたら、オレはジジイになる。いや、この調子じゃジジイになっても大して変わらないか。一生ねずみ取りをやっていろよ」

「………っ！　馬鹿にするなっ！」

黒髪の少年は肩にのるルイの手を払い、掴《つか》みかかろうとしたが――。

「うわっ⁉」

ルイの手から炎が舞い上がった。驚いた黒髪の少年は後ろに飛び退き、尻餅《しりもち》をついた。

「……ま、魔法？　ルイ君、使えるの？　どうやって……」

「はあ？　まさかお前、まだ魔法も使えないわけ？　よくそれで勇者になれると思ったな。やめとけ。マジでお前が勇者とかないから」

呆《あき》れ顔でそう言い放つルイに黒髪の少年はなにも言えない。

くやしくて震える手を握りしめている。

「……もうそれくらいで許してやれ」

ルイにそう声をかけたのは剣を持った女性、女騎士のシンシアだ。

「君はよくやった。君ぐらいの歳の普通の少年としてなら上出来だ」

「………っ」

黒髪の少年は耐えるように唇を噛み、私は思いきり顔を顰《しか》めた。思いやりのある言葉のように聞こえるが、勇者候補としてがんばっていた彼をとても傷つけるものだ。

「やっぱり勇者はルイ様よね」

白い服の上品そうな女——カトレアは笑みを浮かべながら、黒髪の少年の前にドサッと袋を落とした。おそらくまとまった額のお金だろう。

「差し上げますわ。それでお好きなところへ行ってくださいませ」

「……僕に一人で生きていけって言うの？」

カトレアを見上げる瞳《ひとみ》にはくやしさの中にも心細さが見える。無理もない。

日本でならまだランドセルを背負って小学校に通っている年齢だ。文化も風習も違い、知り合いもいない、魔物なんてものがいる世界に一人で放りだされるなんて恐ろしいだろう。

「だって、あなたは勇者ではないもの。だからあなたは……いらないわ」

冷たい目で見下ろされた黒髪の少年の目から涙が零《こぼ》れた。

私には分かる。あの涙に込められた少年の気持ち——。

がんばっても認めてはもらえないくやしさと寂しさ。不甲斐《ふがい》ない自分への怒りと失望。

生まれ変わっているのに、前世で感じた想いに胸が締め付けられる。

黒髪の少年は私と同じ痛みを持っていると感じていた。でも……。

黒髪の少年は前世の私とは違い、決して諦《あきら》めず自分で未来を切り拓こうと精いっぱい努力した。

その想いがこんな形で踏みにじられるなんておかしい！

自分の中で感情をせき止めていたなにかがバチンと弾け飛ぶのが分かった。

これ以上黙っていられない！　ルイの何倍もがんばってきたこの子には認められる権利がある！

私はバッと飛び出すと、座り込んだままの少年を抱きしめ、カトレアに向かって叫んだ。

「いらないなら私がもらいます！」

突如現れた私の宣言に、カトレアやルイたちがぽかんと口を開けた。

「……はあ？」

カトレアが訝《いぶか》しげな顔で私を見た。

突然出てきた部外者がなにを言いだすのだ？　という感じだろうか。

今までの私は覗《のぞ》いているだけの部外者だったけど……今日から私は！　保護者になる！

「この子は私が育てます！　私が立派な勇者にしてみせます！」

もっと早くこうすればよかった。がんばっていたから水を差してはいけないと我慢していたが、こんな結果になるのなら最初から攫《さら》って……ごほん、説得して連れて行けばよかった！

「……あ、あの」

とってもかわいらしい声が聞こえたと思ったら、私の腕の中にいる黒髪の少年だった。

困惑している様子だが…………はっ！　そうだ、怪我をしているんだった！

「早く治療しなきゃ！　ばい菌が入っちゃう！」

傷が残ったら大変！　この素晴らしくきめ細かな肌に傷があるなんて、枯山水の砂紋の上にゴミを不法投棄されるくらい許せない。この子の肌も枯山水の砂紋も侵してはならない美なのだ！

「そいつが勇者？　馬鹿らしい。育てるなんて時間の無駄だ。やめておいた方がいい」

「あら、あなたも勇者を目指すなんてやめた方がいいですよ。時間の無駄ですから」

飄々《ひょうひょう》としていたルイの表情が一気に鋭くなった。睨《にら》まれても怖くないわよ！

「……どういうことだ？　オレはそいつとは違って強い」

にっこりと笑い、事実を教えて差し上げる。

「錯覚です。仲間に守ってもらって、強くなった気がしているだけですよ」

「勇者様に無礼な奴だ！」

斬りかかってきた騎士たちを魔法で一気に吹っ飛ばす。まあ、羽根のように軽いですね！

「お前っ！」

同じく斬りかかってきたルイの剣を片手で掴み、剣もぼっきりと折ってやる。

ルイは目を見開き、驚愕《きょうがく》している。

お金ばかりかかった剣と、ぶれた剣筋の一撃なんて手掴《てづか》みでバキッ！　ポイッ！　だ。

「あの程度の人たちに守られているようじゃ、勇者になれる日は遠いですね？」

「…………っ」

今度はルイがくやしさで言葉に詰まる番だ。戸惑うルイ一行に向け、私は宣言した。

「この子は必ず勇ましく美しい、至上最高の勇者になるでしょう！」

絶対にこの子の努力を無駄にはしない。私がこの子のいるべき場所へ導いてみせる！

二章　成長

小学校から帰ってきた僕は、玄関にランドセルを下ろした。

「ただいま」

おかえり、はもらえないと分かっている。

思っていた通りに部屋の中は薄暗く、人がいる気配も暖かさもなかった。

塾用のバッグを持ち、急いで部屋を出てバスに乗る。窓の外の景色を眺めていると、同じ塾に通う子が乗っている車を見つけた。お母さんに送ってもらっているのだろう。

「……いいなあ」

僕はいつも一人でバスに乗る。お父さんは夜まで仕事だし、お母さんも弟のことで忙しいのだ。

弟の秀人《しゅうと》は僕より背が高く、足も速くてサッカーが上手い。

今日も遠いところに、お母さんが運転する車で練習に行っている。

近所の人も、クラスメイトも、秀人のことを「すごいね！」「かっこいいね！」と褒める。

お母さんは「秀人は自慢の子だ」と言っていた。

僕も褒めてほしくて、テストでたくさん百点を取った。

周りの人は褒めてくれたけど、お母さんは「あの子は勉強くらいしかできないのよ」と言った。

「秀人は特別だから」

お母さんがよく言う言葉だ。弟ほど注目される子はあまりいないけれど、テストで百点を取れる子はたくさんいるから、僕はがんばっても駄目だったのかもしれない。

塾に着くと一時間授業を受け、最後に小テストを受けた。

今日はいい点数がとれなかったから、自習をして帰ることにしたのだが――。

「あ。誰もいない。……しまった、バス！」

気づけばかなり時間が経っていた。慌ててバス停まで走ったけれど、最終バスが出たあとだった。

「どうしよう……」

きっと叱られるが連絡するしかない。スマホを取りだし、お母さんへ電話をかけた。

「なにやってんのよ。仕方がないから迎えに行くけど、遅くなるから塾で待たせてもらいなさい」

不機嫌そうな声だったけれど、迎えに来てくれるようでホッとした。

バス停から引き返して塾に戻ると、先生は帰る用意をしていた。

僕がいると先生は帰れないので外で待つことにした。

「もうすぐ八時か。お腹空いたなあ」

街灯の下にいるけど周りは暗く、人があまりいなくて静かだからちょっと怖い……。

「君、どうしたんだい？」

急に声をかけられてびっくりしたけれど、よく見ると自転車に乗ったお巡りさんだった。

「お母さんが来るのを待っています」

「そうか。それなら良かった。お母さんはいつ来るの？」

「分かりません。迎えに来てほしいって連絡したら、遅くなるって……」

「うーん、もう暗いから一人でいるのは危ないよ。今、お母さんかお父さんに電話をできるかな？　心配だから、お巡りさんからお話をしたいんだけど」

どうしよう、塾の中で待っていろと言われたのに、外にいたから叱られるかな。

お巡りさんの言う通りに電話をしてもいいのかな。このお巡りさん、ニセモノとかじゃないよね？

混乱してためらったけれど……結局電話することにした。

「ん～。お母さん、出ないね」

電話したけれどお母さんは出なかった。今は運転中なのかもしれない。

お父さんの連絡先も聞かれたけれど、お仕事の邪魔をしてはいけないから言えない。

「電話ができないんだったら、お巡りさんと一緒に来てくれるかな？　君の学校に連絡してみるから。やっぱり一人で待っているのは危ないからね」

迷ったけれど、僕が警察に行った方がお母さんは困るだろう。お父さんに電話をし、お巡りさんにスマホを渡した。話が終わるのを待っていると、お母さんが到着した。

お母さんはお巡りさんがいることにびっくりしていた。

「兄ちゃん、警察に捕まったの？」

車に乗ると、秀人がハンバーガーを食べながら笑っていた。

「捕まってない。一人でいたから心配してくれただけ」

「ふうん。あ、ハンバーガー食う？　もう、おれの食べかけしかないけど」

「……いらない」

食べかけって、もう一口くらいしか残っていない。……僕も食べたかったな。

お巡りさんと話し終え、車に戻ったお母さんは怒っている様子だった。

「お母さん、お巡りさんに怒られちゃったじゃない。なんで塾の中で待ってないのよ」

「……ごめんなさい」

僕は俯《うつむ》いたまま、家に着くまで顔を上げることができなかった。

家に着くと、先に帰っていたお父さんはすぐにお母さんを叱り始めた。

「仕事場に警察から電話がかかってくるなんて困るよ。お兄ちゃんのこともちゃんとみてくれ」

「渋滞していたんだから仕方ないじゃない！　それに私は塾の中で待つように言っていたわ！」

悪いのは言うことをきかなかった僕だ。

「お父さん、僕が外にいたから悪いんだ。ごめんなさい」

謝るとお父さんは「お兄ちゃんは悪くないよ」と頭を撫《な》でてくれた。自分の部屋にいるように言われたから机で宿題を始める。僕のせいでお父さんとお母さんがケンカをしたらどうしよう……。

「兄ちゃん、おれの宿題もやってよ」

部屋は弟の秀人と一緒だ。秀人はベッドに寝転がり、漫画を読んでいた。

今日あった練習試合で点をとったから、ご褒美で買ってもらったらしい。……いいなあ。

秀人とお母さんはサッカーの合宿、お父さんは仕事でいなかったときに、僕がこっそり見たアニメの原作で、女神様にお願いされて異世界で勇者になるお話だ。

僕も欲しかったけれど、特別に褒められることをしていないから「買って」と言えなかった。

僕が諦めたものを、あっさり手に入れることができる秀人が羨《うらや》ましい。

「僕はやらないよ。宿題は自分でしなきゃだめだからね」

「兄ちゃんのケチ！　おれはサッカーで大変なんだから、宿題くらいやってくれたっていいじゃん」

僕が頼んでサッカーをやってもらっているわけじゃない。無視をして宿題をした。

不機嫌になった秀人は部屋を出て行ったが、代わりにお父さんが入ってきた。

「お？　お兄ちゃんはもう宿題をやっているのか。えらいなあ。……ちょっといいか？」

「うん。なに？」

「お父さんな、明日の土曜日は休みになったんだ。二人でどこかに行こうか」

「え？　二人？」

「ああ。お母さんと秀人はまた試合があるみたいだからさ。それに勉強をがんばっているお兄ちゃんにご褒美をあげたいんだ。なにがいい？」

ご褒美？　僕、なにもしてないのにもらえるの？　なにが欲しいか。すぐに浮かんだのは――。

「漫画。あれと同じものが欲しい」

僕が指差したのは、秀人がベッドの上に置きっ放しにしているあの漫画だ。

「同じ？　秀人に借りたらいいんじゃないか？」

「ううん。自分のが欲しい」

お父さんはなにか考えているようだったが、「分かった」と頷《うなず》いてくれた。

「じゃあ、本屋に行って秀人が持っていない分も買って揃えよう」

「いいの？」

「ああ。漫画買うなら問題集買え！　って言いそうなお母さんには内緒にしとこうな？　そうだ、遠出してショッピングモールまで行こう。本を買ったあと、中にあるゲームセンターで遊ぼうか」

「ふふっ、うん！」

お父さんと笑い合う。ご褒美も嬉《うれ》しいけど、お父さんと二人きりなのも嬉しい。

「家族皆がいい」と言わないと叱られるかも知れないけれど、お母さんは秀人ばかりだから、お父さんは僕と一緒にいてくれてもいいと思う。明日が楽しみだ。


「兄ちゃん、おはよう！」

「あれ……秀人？」

「兄ちゃんがビリだぞ。早く準備しろよ！」

朝目覚めると、練習試合のためにもう家を出ているはずの秀人がいた。どうしてだろう。

リビングに行くとお父さんとお母さんもいて、出掛ける準備をしていた。

おはようと挨拶《あいさつ》をすると、お父さんが僕の前にきた。

「お兄ちゃん。買い物だけど、また今度でいいかな?」

「え?　どうして?」

「秀人の練習試合、日程が変わったみたいなんだ。それで今日は皆で遊園地に行くことにしたから。遠いから遊園地の近くのホテルにお泊まりになる。お兄ちゃんも準備しようか」

「………」

お父さんと二人じゃなくなった。本を買ってくれるのも楽しみにしていたのに……。

遊園地なんて行きたくない。僕は悲しくなって黙ってしまった。

「どうした?　遊園地は楽しいぞ?　本はいつでも買えるけど、遊園地はあまり行けないよ?　お父さんの仕事が忙しいし、秀人のサッカーの都合もあって皆で行ける機会はなかなかないから」

『いつでも』っていつ?　ずっと前に約束したキャッチボールだってまだできていない。

秀人の用事があってお父さんがひまな日なんてあるの?　僕の番がくることはないの?

いつだって秀人が優先される。言葉で言えないことがぐるぐる頭の中で回る。

「全くもう!　遊びに連れて行ってもらえるんだから暗い顔しないの!」

「なあなあ!　早く行こうぜ~!」

「秀人、あんまりはしゃぎすぎるなよ。足、怪我《けが》したら大変だろう」

お父さんも楽しそうだ。やっぱりお父さんにとっても秀人が特別なんだ。

遊園地に着いてからも全然楽しくなかった。

僕は観覧車に乗りたかったけど、「人がたくさん並んでいるから他に行こう」と言われた。

でも秀人が乗りたいと言ったジェットコースターは、同じくらい人が並んでいるのに待つみたい。僕は乗りたくないからベンチで待つことにした。お父さんが僕と一緒に待つと言ってくれたけど、秀人が「お父さんがいないと嫌だ！」と怒ったから僕は一人でいいと言った。

並んでいる列から見えるところにいてね、と言われたからその通りにしていたけど、三人が進んで見えなくなったところで僕は観覧車を見に行くことにした。

「乗りたかったな」

真下から見上げた観覧車はすごく大きかった。あの一番高いところから景色を見たかったなあ。

「ほら、君。ちゃんと並んで」

「え？　僕、違いま……」

観覧車の列の近くにいたら、スタッフさんにちゃんと並べと列の中に入れられた。

家族連れの中の一人だと思われたみたいだ。

並んでなかったと言えずにいるうちに流され、かなり先に進んでしまった。

早くベンチに戻らないとジェットコースターから降りてきた皆が心配する。

そう思ったところで「本当に心配するかな」と不安になった。

場所を動いた、と怒るだろうけど心配はしないんじゃないかな。

だったらこのまま観覧車に乗っちゃおうと思った。

僕の番が来て、「一人です」と答えるとびっくりされたけど、一人で乗せてくれた。

カタカタ音を立てながらゆっくりと上がっていく。すごくわくわくする。

するから一人で乗ることができてよかった。

た。雲一つない青空の中にいるようで、下には色んなアトラクション

いている。顔はあまり見えないけれど皆楽しそうだ。

ターの方を見ると、乗り終えた三人が階段を降りているところだった。

三人仲良く喋《しゃべ》っていてすごく家族らしかった。

ふと、「あそこに僕はいなくてもいいんじゃないか」と思った。

だって、僕がいなくても三人はああやって笑顔でいられるんだから。「お兄ちゃん」としか呼ばれない、名前が必要ない子がいなくなっても平気だろう。

ふと、今日買ってもらえなかった漫画のことを思い出し、悲しくなった。

「あの漫画みたいな異世界に行きたいな」

困っている人たちを助けていく様子にわくわくしたし、なによりも僕のような普通の子がみんなから頼られる特別な存在になっていく姿に憧《あこが》れた。

僕がいなくなっても誰も困らないのだから、このまま観覧車で異世界に行って、僕も冒険に出ることができればいいのに……。

そんなことを考えていたらあっという間に到着した。自動なのか、勝手に観覧車の扉が開く。

あれ？　でも乗ったときはスタッフさんが鍵《かぎ》をしていた気がする、と思いながら降りたところで

目の前が真っ白になり――。

「勇者様方、お身体《からだ》の具合はいかがでしょうか」

気がつくと森の中にいて、知らない綺麗《きれい》な女の人に勇者と呼ばれた。

どうやら僕は、あの漫画のように異世界に勇者として召喚されたらしい。

僕が……勇者！　あの物語の主人公のように、『特別』になれるんだ！

でも、勇者は僕一人じゃなかった。一緒にきたルイ君は秀人と同じ、元から特別な人だってすぐに分かった。だから……なんとなく分かっていた。

「あなたは……いらないわ」

やっぱり僕は勇者ではなかった。僕は異世界でもいなくてもいいらしい。

特別になりたい。

皆の特別じゃなくてもいい。

一人でもいいから、誰かの特別になりたい――。


「……………ん」

頭が痛い。僕は……寝てた？　なにをしていたっけ？

「起きた？」

近くに人の気配がある。誰だろう。すごく優しそうな声だ。僕は重い瞼《まぶた》をゆっくりと開けた。

するとそこにいたのは——。

「あの、不審者じゃないから！　私、マリアベルと申します！」

『この子は私が育てます！　私が立派な勇者にしてみせます！』

僕を抱きしめてそう言った、あの物語の女神様に似ているお姉さんだった。

◆

あのあと、ダンジョンを出ると黒髪の少年は気を失ってしまった。

初めて魔物と戦ったことで肉体的にも精神的にも限界が来ていたのだろう。

ルイやカトレアたちから受けた仕打ちもショックが大きかったはずだし、小さな身体には大きすぎる負担がかかっていたと思う。

私がとっていた宿の部屋に連れ帰り、休ませた。丸一日経ったが少年は起きない。

ああっ、お姉さんは心配だよ～！

「……苦しそう」

身体がつらいのか、悪い夢を見ているのか。眠っているときくらいは幸せな夢を見てほしい。

長い前髪で隠れていた黒髪の少年の素顔は見惚れるほど整っていた。でも、今は険しい表情をしていて見るのがつらい。

「大丈夫だからね。これからは私がそばにいるから」

少年の柔らかな黒髪を撫でる。綺麗な髪だが、伸び放題で整えられていない。

服もいつも同じものを着ているし、身だしなみについてもカトレアたちから放置されていた。

これからはお姉さんに任せてほしい。

お姉さん、財力には自信があるの。服も装備も店ごと買い上げる所存です。

「ん………」

黒髪の少年が身じろぎした。思わず顔を覗《のぞ》き込む。

少年の瞼がゆっくりと開き、黒のつぶらな瞳《ひとみ》と視線がぶつかった。

「起きた？」

びっくりしないように優しく問いかけたが、少年は私を見ると目を見開いて固まった。

はっ！　そういえば私、勝手に「立派な勇者にします！」宣言はしちゃったけど、ちゃんと自己紹介をしていない！

目覚めたら知らない人が顔を覗き込んでいたなんて恐怖だよね⁉

「あの、不審者じゃないから！　私、マリアベルと申します！」

慌てて取り繕ったような弁明と自己紹介をした。

黒髪の少年は寝ぼけているのか、ボーッと私を見ている。はい、もうかわいい。

今まで見られなかった無防備な一面を見られて、お姉さんは幸せです！　これからは理不尽につらい目になんてあわせないから、もっとたくさんかわいいところを見せてほしい。

そして！　ついにこのときがきた！　ずっと知りたかったあれを聞いちゃう！

「ねえ、君のお名前は？」

「……え？　僕の……僕の名前ですか？」

「うん！　知りたいの！　だめかな？　教えてくれたら嬉しい！」

「知りたい？　嬉しい？」

目を丸めて驚く黒髪の少年に、私は赤べこのごとく首を縦に振って応えた。

黒髪の少年は戸惑っているようだったが、少し照れくさそうにぽつりと呟《つぶや》いた。

「……理人《りひと》です」

「リ　ヒ　ト　君！！！」

はあああああ念願のお名前ゲット‼　すごくイメージにぴったりです！

「リヒト……まさに光って感じだね！」

「？」

「ほら、リヒトは光って意味でしょ。お父さんとお母さんは君が生まれて光を感じたんじゃないかな？　素敵な名前だね！」

「……そうかな」

私の言葉を聞いて、リヒト君は複雑そうな顔をしている。どうしたのだろう。

ご両親に対して思うところがあるのだろうか。気になったが、とにかく今は話さないといけないことがたくさんある。

「あのね、身体がつらくなかったら話をしたいのだけれど……」

「身体は大丈夫です。僕も色々聞きたいです」

リヒト君が体を起こすのを手伝い、水を一杯手渡した。

落ちついたところで、私はまず自分が元日本人の転生者だということを話した。

そしてこの世界が、前世でプレイしたゲームの世界であることも伝えた。

「森で偶然カトレアたちの話を聞いたの。気になってあとを追ったら、君とルイが倒れていたの」

「そうだったんですか」

「うん。リヒト君はランドセルを背負っていたし、すぐに日本人だって分かったわ。勇者だということもすぐに分かったし、君のことが心配だからこっそり見守ることにしたの」

「心配？　僕のことがですか？」

「そうよ！　私、もう君のことばかり気になって！　ごはんをちゃんと食べているのか、身体は大丈夫か、つらい思いはしていないか……あっ」

黙ってこちらを不思議そうな顔で見ているリヒト君に気づき、慌てた。

ストーカーの自供に引いちゃった⁉　気持ち悪がらせてごめんね～！

「どうしてそんなに僕のことを気にしてくれるんですか？　ルイ君の方が……」

「君のことしか目に入らなかったの。どうしてって言われると説明しづらいんだけれど、とにかく私は君のことを幸せにしてあげたい！　って思ったの！　ご、ごめんね、こっそり追いかけられていたなんて気持ち悪いよねっ」

「いえ、そんなことないです。それより、あの……さっき僕のこと勇者だって……」

あれ、ストーキングのことはもういいのかな？

土下座する準備をしていたので拍子抜けしたが、まずはリヒト君の質問に答えよう。

「私はそう思っているよ。一目見ただけで分かったもの！」

「……やめてください」

「え？」

「自分が一番分かっています。僕は勇者じゃありません。僕は特別じゃないです」

リヒト君は俯《うつむ》き、黙り込んでしまった。ルイやカトレアたちとのやりとりで傷ついたのだろう。

あんなにがんばっていたのに否定され、笑われたのだ。

ルイやカトレアだけじゃない。勝手に「立派な勇者にする！」なんて言ってしまった私もリヒト君の心を無視している。一番大事なのはリヒト君の気持ちだ。

「リヒト君は勇者にはなりたくない？」

「そういうわけじゃないけど……」

「嫌だったらならなくていいよ。お姉さんが守ってあげる！　あ、守らせてください！」

全力で快適な衣食住を提供しますよ！

決意表明を込めてお願いするとリヒト君は怪訝《けげん》そうな顔をした。

「どうして……同じ日本人だから？　僕がいたら迷惑でしょう？」

「え？」

迷惑だなんてさっぱり意味が分からない。

「迷惑じゃないよ？　私がしたくてしているんだよ？」

きょとんとしている私に、リヒト君は可哀想《かわいそう》なくらいに戸惑っている。

「な、なんで……」

「君と一緒にいたいから」

やっと出会えたんだよ？　そう思える人に。同情なんかじゃない。君のがんばりを皆に知ってほしいし、君がつらいと私もつらい。だから私は君を幸せにすると決めたんだ！

「！」

私の言葉にリヒト君が目を見開いて固まった。

まるで石像だ。本当に石像だったら私は間違いなく持って帰る。

そんなことを考えてしまっていたが、ふとさっきのリヒト君の言葉が気になった。

『僕は勇者じゃありません。僕は特別じゃないです』

「勇者になるかどうかは君次第だけれど……勇者じゃなくても君は私にとって特別な存在だよ」

「え？」

困惑しているリヒト君の頭を撫《な》でる。……あ、無意識にしてしまったけれど大丈夫かな？

リヒト君を見ると戸惑っているようだが、嫌そうではなかった。よかった！

「私ね、この世界でずっと一人で生きてきたの」

自分語りは恥ずかしいけれど、リヒト君に私の気持ちを知ってもらって、少しでも信頼を得られるのなら聞いてもらいたい。

「前世では人の顔色を見てばかりの毎日で……疲れちゃったから。誰にも気を遣わないで自由に暮らすのは楽で、誰かと仲良くなりたいなんて思ったことはなかった」

リヒト君は真剣な表情で私の話を聞いてくれている。

「一人ぼっちは寂しくないですか？」

「寂しくない……って思っていた」

「思っていた？」

「うん。私はね、リヒト君を見て仲良くなりたいって思ったの。だから、リヒト君のそばにいられないことを考えたら、寂しいなって思ったわ」

「…………」

リヒト君はさらに困惑顔になってしまった。こんなことを言われても困っちゃうよね。

でも、最後まで言わせてね。リヒト君の手を握り、まっすぐ目を見て伝える。

「私はがんばっているリヒト君を見て力になりたいって思ったの。リヒト君を笑顔にしたいし、リヒト君が笑顔になったら私も幸せ！　だから……そばにいてもいいかな？　リヒト君の仲間になりたいの！」

本当は保護者というか、家族になりたいくらいだけれど、いきなりそんなことを言っても怖がらせてしまいそうだ。だから勇者と常に一緒にいる仲間から……。

「…………っ」

「うん？　えええええ!?」

私を見るリヒト君の目には涙がいっぱい溜《た》まっていた。今にも決壊して流れてしまいそうだ。

ああああ私ってば泣かせた⁉　どうしよう！

こういうときは人生経験がものをいうのだが、生憎《あいにく》私は無駄に二回生きているだけのようで、ただただ棒立ちだ。

抱きしめたいけどセクハラにならないだろうか、頭を撫でてもいいだろうかと色々考えはするが、結局なにもできない。私ってなんてポンコツなの！

「……僕、お姉さんの一人は楽だって気持ち、分かります。でも、本当に一人ぼっちなのは寂しくて……。誰か一人でいいから、僕を見てほしかったんです。勇者だったら、きっとたくさんの人が僕を見てくれると思ったから、勇者だって言われて嬉《うれ》しかった。でも、やっぱり僕なんかが勇者のわけがなくて……」

「僕なんか、なんて言わないでよ！　リヒト君はちゃんと勇者だし、たとえリヒト君が勇者じゃなかったとしても私は君の仲間になりたい！」

リヒト君の言葉から抱えている孤独が伝わってきて……思わずギュッと抱きしめた。

あのがんばりは、認めてほしい気持ちと寂しさの表れだったんだね。

「お姉さん……。本当ですか？　僕の仲間になってくれますか？」

「もちろんだよ！」

抱きしめていた身体《からだ》を離し、目を合わせて全力で頷《うなず》く。

「僕もお姉さんと仲間になりたいです」

「リヒト君っ！　ありがとう！」

嬉しくて再びギュッと抱きしめた。「やっぱりやめます」はなしだからね！

拒否されても付きまとってやるんだから！

「よろしくね！」

「は、はい！　こちらこそ……」

照れているのか、リヒト君は顔を赤くして俯いてしまった。かわいい〜〜圧倒的癒やしっ！

照れるリヒト君とデレデレする私。しばらく幸福な時間が続いたが、リヒト君がスッと真剣な顔をしたので距離を取り、正面から向き合った。

「お姉さん。……僕、本当に勇者になれますか？」

「なれるよ。君が望めば」

リヒト君の目をまっすぐ見ながら私は断言した。君なら優しくて強い立派な勇者になれる。

「でもね、勇者は楽じゃないよ？　私も旅をしながら魔王級の魔物と戦って倒してきたけれど、完全に葬れるのは大精霊の武器を持つ勇者だけなの。ゲームだと死んでしまっても復活することができるけれど現実では違う。それでも勇者になりたい？」

勇者はいつも危険と隣り合わせ、命がけだ。私も守り切れるかどうか分からない。

「怖いけれど、それだけ困っている人がいるんですよね。僕が勇者になったら、不幸にならなくて済む人がいる……」

「……そうね」

考え込むリヒト君の顔は強ばっている。こんな歳で命がけの選択をしなければいけないなんて酷だ。どんな選択をしてもお姉さんが全力で支えるからね！

「僕、がんばったのに勇者じゃないって言われて悲しかった。さっきまでは諦《あきら》めていたけれど……やっぱり見返したいし、誰かの力になりたいです。それにいつかはお姉さんのことも守れるように強くなりたい。お姉さん、僕を勇者にしてください！」

「！！！」

怖いはずなのに「誰かの力になりたい」だなんて、なんて立派なのだろう！

それに私のことまで守りたいと言ってくれるなんて！

もう、これはある意味プロポーズでは!? お姉さん、君に永遠の忠誠と愛を誓います！

「任せてっ！」

大船に乗ったつもりでいて頂戴《ちょうだい》！ どんと自分の胸を叩《たた》くと、リヒト君は素晴らしい天使の微笑《ほほえ》みを見せてくれた。ま、眩《まぶ》しい！ ああ、君の近くにいることを認めてもらえてよかった！

「君は私にとって特別だけど、これで私も君にとって特別ね！」

最初から最後まで一緒にいる特別な仲間——相棒ポジションは私のものだ！

「…………っ！」

「リヒト君？」

君ってりんごだったの？ と思うほど顔を赤くしたリヒト君は「顔を洗ってきますね！」とベッドを降りて駆けて行った。あ、でも、そこは洗面所ではなくてトイレだよ？

「リヒト君！　さっそくだけれど、レベルアップしてルイは軽く超えておこうか！」

顔を洗い終えたリヒト君と、本日の予定を決める。

「え？　ルイ君を軽く超える？」

「ええ！　ルイ超えなんて一瞬よ、一瞬！　秒よ！　シュッで終わり！」

「い、一瞬……？　シュッ？」

「うん！　お姉さんに任せて！」

話をしてみると、思っていたよりもリヒト君の自己肯定感が低いから、もっと自信を持たせてあげたい。

ずっと見ていたからわかる。リヒト君がルイに負けてしまったのは能力が劣っていたのではなく、単に実戦経験がないことによるレベル差が大きいからだ。

しっかり基礎練習をがんばっていたリヒト君はもっと自信を持っていいはず。今は不要な高額商品を薦められている消費者みたいな心細そうな顔で私を見ているけれど任せて！

「ダンジョンに行く前に準備をしようね」

リヒト君に怪我《けが》なんてさせる気はないが、ちゃんとした装備を身につけさせてあげたい。ゲームと同じステータス画面を開く。ステータス画面では、自分の能力や状態、持っているスキルなどの確認ができるだけでなく、アイテムの出し入れも可能だ。

幸いゲームで知り得た性能やレアリティの高い装備、アイテムの場所は結構覚えていたので、今までぶらぶら旅をしながら集めてきた。その中から秘蔵の逸品を君に！

「ねえ、リヒト君。防具はこれなんてどう？」

取り出したのは白銀シリーズという雪の結晶のような紋章が刻まれた防具一式だ。

寒い大陸にいる強い魔物、雪竜を倒すと入手できるドロップアイテムで、ロングコートとボトム、ブーツに手袋の四つが揃《そろ》うとレア度が最上級になる高性能防具である。サイズのオート調整もしてくれる便利な逸品だ。

雪竜はあまり遭遇――エンカウントしない強い魔物で、倒すと四つのうちどれかが手に入るのだが、何回かアイテムが被ったので十回は雪竜を倒した。

ゲーム知識でエンカウント方法や倒し方も知っている私じゃないと、今のこの世界で白銀シリーズを揃えるのは難しいだろう。

白銀シリーズは、一つだけだと中級程度の回復系能力がつくだけだが、全部揃うと『状態異常無効』『呪い無効』『即死無効』『常時ＨＰ・ＭＰ回復』『回復魔法効果アップ』『瀕死《ひんし》時全能力上昇』がつく。これだけでもう、よほど強い敵じゃなければ死ぬ心配はない。

「わあ、綺麗《きれい》でかっこいいですね！　あのっ、着てみてもいいんですか？」

「もちろんよ！　着て着て～！」

嬉しそうに白銀シリーズを持って洗面所に駆けていくリヒト君を見ると、頬の緩みが止まらない。

喜んでもらえてよかった！　お姉さん、どんどん貢いじゃう！

洗面所で着替えたリヒト君はすぐに戻ってきた。

「着てきました！　この服、着たら安心感があるっていうか……。動きやすいし、すごいです！」

笑顔が眩しい！　この笑顔には白銀シリーズを超える価値がある！

「リヒト君！　すごくかっこいいよ！　どこからどう見ても勇者様だよ～！」

「そ、そうかな？　そんなことないと思うけれど……」

リヒト君は褒められ慣れていないのか、照れ以上に困惑している。

こんなに素直ないい子が、あまり褒められていなかったのかと思うと涙が込み上げてくるが、これからはうるさい私と一緒にいるのだから嫌でも慣れるだろう。

もういいよ！　とリヒト君にうんざりされる未来が訪れる予感がする。

「次は武器ね！」

「はいっ！」

リヒト君の目がキラキラと輝く。幸せ～！　任せて。お姉さん、絶対に喜ばせるから！

続けて渡したのは『贄《にえ》の剣』という真っ黒な片手剣だ。

名前で察することができるかもしれないが、魔物を倒した数だけ攻撃力が上がる剣である。

倒した魔物の数は９９９９匹までカウントされ、そこまでくれば攻撃力は全ての武器の中でトップクラスになる。もちろんリヒト君に渡したものは、上限まで魔物を倒した逸品だ。

「わあー……」

リヒト君は剣を掲げ、色んな角度から眺めている。防具と同じように、今までまともなものを持たせてもらっていなかったから、初めてのかっこいい武器にテンションが上がっているようだ。

「装備ではもうルイに余裕勝ちだよ！　月とスッポン、もちろんルイがスッポンね！」

カトレアがルイに与えているものより、私は何千倍もいいものを用意する！

「ルイ君がスッポン⁉　そ、そんないいものだなんて、僕には勿体《もったい》ないです！」

「！」

てっきり喜んでもらえると思ったのだが、リヒト君は申し訳なさそうに眉《まゆ》を下げている。

はあああ謙虚っ！！！！　なんていい子なの〜〜！

「勿体なくないよ！　お姉さんは使わないから、リヒト君が使ってくれたら嬉しい！」

「そ、そうですか？　では、大事に使わせてもらいますね。ありがとう、お姉さん！」

「！！！」

ああっ、笑顔に癒やされる〜！　生きていてよかった〜！

◆

準備を整えて宿を出ると、私とリヒト君は再びルイたちと遭遇したダンジョンにやってきた。

今日はここでリヒト君の大幅レベルアップを目指す。リヒト君のレベルはまだ一桁《ひとけた》だから、今日は最低でも二桁《ふたけた》までいきたい。

この世界でレベルアップするためのシステムはゲームのままだ。

魔物を倒すと経験値が入り、一定の基準になるとレベルが上がる。

魔物が強ければ強いほど得られる経験値は多い。

そして、経験値の取得方法は戦闘に参加した者に均等に振り分けられる分配方式だ。

リヒト君のようにレベルが低いときに強い魔物を倒すと一気に強くなることができる。

一人で強い魔物を倒すことは無理だが、私と一緒に戦えば経験値の半分は入る。

フォレストコングを倒せば私と半分こであっても、地道に弱い敵を倒していくよりも断然早くレベルアップができるだろう。

じゃあ、この世界の人はみんな他の人に育ててもらえるじゃん！　と思うかもしれないが、それは難しい。何故なら魔物は基本的に弱者から狙うので、レベルが低い者を連れているときは、全面的に庇《かば》いながらの戦闘となるからだ。

ルイもシンシアあたりに庇われつつ、経験値分配の恩恵を受けてレベルを上げたのだろう。

一気にレベルが上がるような経験値が得られる魔物に対して、人を庇いながら戦うのは余程の強者じゃないと難しいのだ。そして私はそれができる強者なのです。えっへん。

というか、基本的にこの世界の人はこの経験値の入り方を気にしていない。

気にしていないというか、もしかしたら知らないのかも。

私は今までぼっちで生きてきたから、この世界の常識と、ゲームでの常識の違いがあまり分からないんだよね。とにかく、私が倒して経験値を稼いでいくから、リヒト君は無理しないでついてきてねと話したのだが……。

「……それってズルくないですか？」

「！」

「僕、ちゃんと自分の力で強くなりたいです！」

「！！！！」

うわあああん、やっぱりいい子だよおおお‼

リヒト君の純粋な瞳《ひとみ》を見ていると、いかに自分が薄汚れているかが分かる。

できるだけリヒト君の願いを叶《かな》えてあげたい……あげたいんだけど……！

「リヒト君、聞いて」

私は正面からガシッとリヒト君の両腕を掴《つか》んだ。

「リヒト君の言う通り、自分の力で強くなるべきだよね。それでこそ勇者だと思う。だがしかし、だがしかしっ！　聞いてほしいの！　装備で危険性は減ったとは言え、今のリヒト君はなにかアクシデントが起きたら大怪我《おおけが》をしてしまうかもしれないの。でもレベルさえ上げておけば、大事に至る怪我は防げるわ。だからここは、薄汚れている私に無理やりやらされたということでどうか！　どうか！　受け入れてほしいの！　リヒト君の意思を無視した傲慢《ごうまん》な私の自己満足によって強制されて強くなってほしいの！」

ずるい裏技で強くなることはつらいと思うけれど、リヒト君の安全を考えるとここは譲れない！

「そんな！　お姉さんのせいになんてできません！」

私の申し入れを拒否したリヒト君は顔を曇らせた。なにか考え込んでいるようだ。

「……そうですよね。ここは異世界で、日本と違って危険なんですよね。真面目にしてたって死んじゃったらなにもできないですよね。……わかりました。お姉さんだけを悪者にはできません！　僕もずるくなります！　強くなるためならなんでもします！　僕も薄汚れます！」

「リヒト君……！」

「お姉さん……！」

……と、こんな風に私たちは手を取り合って意思統一し、フォレストコングを狩るべく動いた。

フォレストコングがいるのは中層だ。

ルイたちが攻略していたところよりももっと深い位置にある。

入り口から少し進んだところで、リヒト君が苦戦したイビルラットが出てきた。

「イビルラットくらいなら、その装備でダメージを完全に防ぐことができるから戦ってみる？」

「はい！　や、やってみます！」

緊張した面持ちで贄の剣を握りしめ、リヒト君は駆け出した。

イビルラットに向けて剣を振り下ろす。するとイビルラットの身体は消えるように跡形もなく飛び散ってしまった。

「え？」

リヒト君はなにが起こったのか分からないようで呆然《ぼうぜん》としている。

「一瞬だったね！　お見事！」

拍手を送ると、リヒト君はようやく自分がイビルラットを倒したことを理解したようだ。

「装備ってすごいですね……」

「装備もすごいけれど、リヒト君ががんばって修業して、装備の性能を活かすことができるところまで基礎能力を上げていたからこそ倒せたんだよ！」

褒めるとリヒト君は俯《うつむ》き、顔を隠してしまったけれど、喜びを噛《か》みしめているようだった。

ちょっとは自信を持てたかな？

リヒト君の様子にほっこりしていると、イビルラットとイビルバットがまとまって姿を現した。

目障りなので風魔法で一気に始末すると、リヒト君の目が点になった。

「……すごい！　お姉さん、すごい！」

キラキラした目で見つめられ、お姉さんは心臓が潰《つぶ》れるくらいダメージを受けました。

私、リヒト君には瞬殺されるかもしれない！

「僕も魔法を使ってみたいです！」

そう言うリヒト君の表情にはどこか切迫感がある。

ルイが使えたのにまだ自分は使えないことを気にしているのだろうか。

馬鹿にされてしまったから、くやしいし焦っちゃうよね。

「レベルアップしたら魔法を使うための魔力は自然に上がるよ。今日はレベルアップと物理攻撃に専念して、魔法は今度にしようね。焦らなくても大丈夫だよ。ルイが知らないような、とっておきの魔法もいっぱい教えてあげるから！」

「……分かりました」

少し不服そうだったけれど、納得してくれたらしい。

それから時折リヒト君も戦闘に参加しながら、順調にダンジョンを降りて行ったのだが――。

「どうしたの？」

フォレストコングまであと少しというところで、リヒト君が立ち止まった。

なにか気になることでもあったのか小首を傾《かし》げている。

「なにかいるような気がして……」

そう言って私たちが歩いてきた方に目を向ける。私もつられて見たがなにもない。

「なにもいないよ？」

「でも、さっきから僕らの後ろをなにかついてきている気が……」

「気配もしないよ？　魔物はいないけど……もしかしたら精霊かな？」

「精霊ってどういうものですか？」

「小さくてほわほわ光っていて、蛍みたいだよ」

「あれみたいな？」

「そう、あれみたいな……って、あっ」

リヒト君が指差す方向を見ると、木に隠れるようにして、光の精霊らしき白い光がふよふよとたくさん浮いていた。

「リヒト君に会いにきたのかな？」

「僕に？　なにか用かな？　ちょっと聞いてきますね」

リヒト君は近寄っていったが、狼狽《うろた》えた精霊たちは蜘蛛《くも》の子を散らすように消えていった。

「なんだったんですかね？」

「さあね。っていうか、カトレアたちの前でもこうやってリヒト君の近くに姿を現してくれたら、リヒト君は勇者じゃないって冷遇されずに済んだかもしれないのにね」

光の精霊がルイではなくリヒト君の周りに現れたら、カトレアでも誰が本物の勇者か分かったはずだ。

「さあ。フォレストコングまであと少しだよ！　行こうか！　……痛っ⁉」

歩き始めようとしたら、頭になにか小さなものがぶつかった。どんぐり？

木から落ちてきたのかと思ったが違うようで、次々と飛んでくる。誰が……って光の精霊！

もしかして、私が愚痴ったから怒った⁉

「やめろよ！　お姉さんになんでこんなことするんだ！」

リヒト君が私を庇った瞬間どんぐり砲火は止まった。

一瞬の静寂のあと、光の精霊たちは再びバーッと消えていった。

「結局なにがしたかったんでしょう？」

私には好きな男の子に怒られてショックを受け、「うわあああん」と泣きながら走り去って行ったかのように見えた。地味に痛かったけどかわいいから許す。気を取り直して進む。

「お姉さん、フォレストコングってボスなんですよね？　強いですか？」

「ボスっていっても中層のボスだし、まあまあってところかな。経験値が欲しいからもっと強い魔物でもいいくらいなんだけどね！　下層に行くのは危ないから、リヒト君がある程度強くなってからにしようね」

「分かりました。でも、気をつけてくださいね。怪我しそうだったら僕のことはいいから……」

「大丈夫よ！　余裕余裕！」

フォレストコングは倒し慣れているし、お決まりのパターンで楽勝……と思っていたのだが——。

「なんでいつものと違うの⁉」

ボスエリアに到着し「さあ、やりますか！」と戦闘態勢になった私だったが、雄叫びと共に地響きを起こしながら登場したフォレストコングを見てびっくりした。

普段のフォレストコングは巨大化した凶暴なゴリラ、という感じで体毛も茶色なのだが、今回現れたフォレストコングは銀色だった。

パワーもスピードも増しているし、下層のボスと同レベルだろう。

幸い行動パターンはいつも通りだったので無事に倒すことはできそうだ。

「リヒト君、無理しないで回避することに集中してね！」

「は、はいっ！」

リヒト君も修業でずっと走っていた成果が出ていて、動き続ける体力があるし、装備の効果も相まって移動速度も問題ない。

万が一攻撃を食らっても即死にはならない防御力は備えているし、戦闘を続けても大丈夫そうだ。

フォレストコングはリヒト君を狙って攻撃するため、私はあえて接近戦に持ち込んだ。

リヒト君に向かう隙を与えないように攻撃し続ける。

フォレストコングの行動パターンが読めてもいつもと同じ倒し方はできない。

多少攻撃を食らうことになっても、フォレストコングにダメージを入れることを優先しよう。

「お姉さん！　大丈夫ですか⁉」

打撃を受けても気にせず斬り込んでいると、リヒト君が心配してくれた。

念のため自分でも回復できるようにと渡していた回復アイテムを私に使ってくれようとしている。

優しい子〜〜！　精神疲労全回復だよ！

まだまだ回復しなくても大丈夫だが、リヒト君になるべく心配をかけないように魔法で治す。

「お姉さんは大丈夫だから、アイテムはリヒト君が持っていてね！」

「分かりました！」

「あ、高速回転して突っ込んで来るから回避して！」

「…………っ！」

私が言い終わると同時に、フォレストコングが高速回転しながらリヒト君へと向かう。

攻撃を阻止してもいいのだが、高速回転後のふらつきが大きなチャンスだ。

リヒト君が回避できない場合はやめようと思ったが……うん、大丈夫そう！

予想通りにふらついたところを蹴《け》り倒すと、フォレストコングはスタン状態に陥った。

「リヒト君！　倒れているうちに一緒に畳みかけるよ！」

「分かりました！」

二人で斬って斬って斬りまくる！

リヒト君も贄《にえ》の剣を使っているし、一気に追い詰めることができた。

スタンは解け、フォレストコングは起き上がってしまったが、もう少しでトドメをさせるだろうと思ったそのとき――。

「助太刀する！」

「え？」

冒険者らしき若い男が現れた。

薄い紫の髪に青い目。ミステリアスな雰囲気の色男だが……あなたはなにをするつもり？

男は剣を振り上げ、攻撃態勢をとっている。

あっ！　今、戦闘に参加されてしまったら……！

「だ、だめえええええええええええ！！！」

私は叫んだ。だが――。

「…………遅かった」

私が放っていた一打と彼の攻撃により、銀色のフォレストコングは倒れてしまった。

そして私たちには経験値が入ったが……予想より少ない。

それはつまり――経験値が三等分されたということだ。

こんなにがんばったのに、私とリヒト君が得た経験値はたったの三分の一なのだ。

「君たち！　大丈……」

「こんのお馬鹿ああああああっ！！！」

思わず近寄ってきた男を怒鳴りつけた。私、大激怒である。

メラメラと黒いオーラを放つ私に男は怯《おび》えながら混乱している。

「あ、あの……」

喋《しゃべ》り始めようとした男の胸倉を掴《つか》み、ぐわんぐわんと揺さぶる。

「あとちょっとで倒せたのに余計な手出しして！　この経験値泥棒！！！」

「え⁉　ど、泥棒⁉」

「私たちがほぼ倒し終えていた魔物の経験値を、へなちょこ攻撃しただけのあなたが三分の一も取ったってことよ！」

「そ、そんな、まさか！　あ……たしかに俺のレベルが一気に上がっている⁉」

はあああああ……失敗した。

いつも一人で倒してきたから、手出しされる可能性をすっかり忘れていた。

「お姉さん、お疲れさまです！　僕、一気にレベルが二桁《ふたけた》になりました！　レベル18です！」

「リヒト君～‼」

「ちょ……わっ……お姉さん⁉」

笑顔で駆けよってきたリヒト君に最高に癒やされた。思わずハグをしてしまったが許してほしい。

お姉さん、怒りによるストレスで禿《は》げそうだよ～！

「見たことのない魔物だったから助力しようとしたのだが……余計な世話だったようだ。その……本当にすまない」

私が思いきり揺さぶった男が申し訳なさそうに頭を下げた。

そんなに素直に謝られると、私の大人げなさも認めるしかないじゃない。

「……こちらこそ、取り乱してごめんなさい。助けてくれようとしたのね。ありがとうございました。ではさようなら」

「え⁉　いや、待ってくれ……少し話を！」

あああ駄目！　二回目の人生でも、手柄を横取りされるとやっぱり大人気なく苛々《いらいら》しちゃう！

「さあ、戻ろうか！　お腹も空いてきたでしょう？　おいしいものを食べに行こう」

男をスルーし、リヒト君の手を引いてもときた道を引き返した。


「おいしいものってなんですか？　僕はまだこの世界で宿のごはん以外食べたことがなくて」

隣を歩くリヒト君がにこにこしている。疲れていないようでよかった。

「色々あるよ。楽しみにしていてね」

「分かりました！　わあ、楽しみだなあ」

推しの喜びが私の喜び、という格言は本当だな。この笑顔があれば生きていける。

そんな幸せに浸っていたのに――。

地下五階。上層の人工的な石壁の通路に戻り、地上までもう少しというところで最高に気分を盛り下げる、嫌なものと遭遇してしまった。

「どうしてここにいる？　ねずみ取りしかできないのに、こんなところにいると怪我をするぞ」

ルイと不愉快な仲間たちのご登場だ。

ダンジョン攻略に勤しんでいたらしい。まだこの辺りでレベル上げをしていたのか……。

レベルは爆上がりしたものの戦闘経験がまだまだ足りないリヒト君でも、もうこんな浅い階では怪我なんてしないよ。

「お構いなく。問題ありませんので」

「無理をして死ぬつもりか」

「そんなつもりは全くありません。そちらこそ、これ以上進んで大丈夫ですか？」

「オレがそいつ以下だと言いたいのか？」

「あら、言いたいことが伝わっちゃいました？」

そんなことよりも早くリヒト君とおいしいものを食べに行きたい。

リヒト君を冷遇して捨てた連中にとる礼儀なんかない。

スルーしてすれ違おうとしたのだが、懲りずにルイが斬りかかってきた。

「舐《な》めるな！」

「お姉さんに乱暴なことをするな！」

リヒト君が素早く反応し、ルイの一撃を贄の剣で受け止め、押し返した。

適当に回避しようとのほほんとしているうちにリヒト君が私を庇《かば》ってくれた！　感激っ！

「ルイ様の攻撃を無傷で返すなんて、まさかそんな……」

「今の動きは……。本当にあの少年なのか？」

カトレアやシンシアたちは信じられないものを見たかのように固まっているが、リヒト君自身も驚いたようで戸惑っている。剣を握る手を何度も確認している。

リヒト君！　この短い間になんて立派になって！

ルイのレベルはおそらくまだ一桁《ひとけた》だ。以前より上がっているが、レベル5からレベル8に上がったくらいだろう。

想定通りすぐに追い抜いたし、さらに差を広げることも容易だろう。

「ちっ、まぐれで受け止めたくらいでいい気になるなよ！」

一瞬動揺したルイだったが、今度はリヒト君に攻撃を仕掛けてきた。

だが、リヒト君は争うつもりがないのか、ルイの攻撃を全て回避している。

回避しながらルイの動きが見えていることや、自分が動けることを実感しているようだ。

「ふん。逃げ足だけは速くなったようだな」

息を切らせたルイの言葉は強がりにしか聞こえない。

リヒト君みたいにしっかり基礎練習をしていなかったから、体力がないんじゃないの？　ルイとは違い、真面目に鍛えてきたリヒト君がレベルも追い抜いた今、ルイなどもう敵ではないのだ！

「相手にしていられるか！」

都合が悪くなってきた空気を感じたのか、ルイは悪態をつきながら奥へ進んでいった。

不愉快な仲間たちもルイに続いていったが、すれ違い様にジッとリヒト君を見ていたカトレアとシンシアの視線が不快だった。リヒト君が減るでしょ。見ないでよ！

「お、お姉さん！　僕、ルイ君に負けなかったです！」

二人だけになると、リヒト君が興奮気味に話しかけてきた。

負けるどころか、真剣に戦ったら余裕で勝てちゃうわよ！

「リヒト君の努力の成果だよ〜！」

照れ笑いするリヒト君を見ていると、今日の疲れも経験値泥棒された怒りも完全に吹っ飛んだ。

◆

ダンジョンを出た私たちは、私の馴染《なじ》みの食堂へとやってきた。

料金は高めだがその分客層はいいので、面倒事に巻き込まれなくて済むし、高級店ほど堅苦しくもなくてリラックスできるいい店だ。

日本のファミレスと雰囲気が近いからか、リヒト君も気楽に……というか、わくわくしているように見える。そういえば、私が見ていた間のリヒト君は宿に戻るか修業しかしていなかった。

リヒト君の置かれていた環境を考えると、宿の食事は楽しめるものではなかったのかも。

これからは楽しんでもらわなければ！　と心に刻みつつ、壁沿いの向かい合って座る二人席に腰を下ろした。

「リヒト君、お腹空いているよね？　なに食べる？」

「えーっと……」

リヒト君がちらりと見たのは、隣の席の人が食べていたビーフシチューだ。

いい匂いがしているから食べたくなっちゃうよね！

「あれにしようか」

「い、いいんですか？　あ、でも、僕はなんでもいいので……」

値段を気にしているのかな？　とても遠慮している様子だ。

「お金のことは全く気にしなくていいからね？　遠慮しないで好きなものを頼んで！　お姉さんはリヒト君が好きなものを食べて、おいしいって喜ぶ顔が見たいの！」

「は、はい！　じゃあ……ビーフシチューが食べたいです」

「うん！　ビーフシチューね！　よしっ、鍋《なべ》ごと持ってきて〜！」

「えええええっ!?　そ、そんなに食べられませんっ！！！！」

そう？　好きなものを頼んでくれたことが嬉《うれ》しくてつい暴走しかけてしまった。

でも、リヒト君が本気で止めようとするのがちょっと面白くてかわいかったあ！

お店に入ってから、リヒト君はずっと嬉しそうにそわそわしている。私、今最高に幸せです。

「他にも食べたいものがあったら遠慮せずにどんどん食べてね！」

「え！　あの、大丈夫です！　すみません、きょろきょろして。行儀悪いですよね……」

いい子！　足を揃えて姿勢良く座っているリヒト君を行儀悪いなんて言う人はいないよ！

今はお酒を飲んでいる人が多いし、視線を気にするような人もいないだろう。

「ふふっ。大丈夫よ。こちらの世界に来てこういう光景は初めて見るんでしょ？　気になっちゃうわよね」

「そうなんです。好きな漫画でもこういう場面があったな、って思い出して……。お客さんたちが食べているもの、お肉ばかりですね。魚料理はないんですか？」

「この辺りは水場が少ないから魚料理は少ないの」

「そうですか……」

「あまりお肉は好きじゃないの？」

「どちらかといえばお魚が好きです。家でも、こっちの世界に来てからもお肉ばかりだったし」

「こっちの世界はどこも肉料理が多いわ。日本でも肉料理が多いご家庭だったのね？」

「あ、はい。弟がサッカーをやっていて、体力がいるからって……」

「へえ！　弟さんがいるんだ！」

「…………」

楽しそうにしていたリヒト君の顔が曇り、完全に黙り込んでしまった。ご両親のことといい、やはり家族の話はあまりしたくないようだ。

無理に聞くことはない。今は楽しいことをたくさんしたい。

「ねえ、リヒト君。お魚が食べたいときは獲ろうよ！」

「え？」

「無いなら作ればいいのよ、魚料理。私も食べたいし。ね？　釣りとか好き？」

「やったことないです」

「じゃあ、今度一緒にやってみようよ！　きっと楽しいよ！」

「……はい！」

リヒト君と笑い合う。楽しみが一つ増えた。

釣りだけじゃなく色んなことをリヒト君と一緒にできたらいいなあ。

「いらっしゃい！　注文は決まったかな？」

注文を取りにきてくれたのはこの店の娘さんだ。日本なら中学生くらいだろう。

「ビーフシチュー二つね！　……あっ！　君、よく町の中とか走っていた子だよね」

「え？　あ、はい……」

「偉いよねえ。がんばってね！　シチュー大盛りにするように頼んでおくから！　いっぱい食べて強くなってね！」

「あ、ありがとうございます……」

娘さんはリヒト君の頭をなでなでると、元気に厨房《ちゅうぼう》へ戻って行った。

「よかったね！　リヒト君のがんばりを見てくれている人もいるんだね」

そう言うとリヒト君は照れくさそうに笑っていた。私も自分のことのように嬉しいよ！

「大盛り……食べられるかな」

「がんばって食べないと！　強くなるにはレベルアップだけじゃ駄目だからね」

「そうですね。いっぱい食べて、他の冒険者さんたちにも負けない筋肉もりもりになります！」

「お姉さん、それは嫌かなー」と思ったけれど、リヒト君が気合を入れて料理が届くのを待っていたので黙っておくことにした。

娘さんが意気揚々と持ってきてくれたリヒト君用のシチューは「洗面器かな？」と思うようなサイズの器《うつわ》に入っていた。セットのパンもリヒト君の顔と同じようなサイズだった。

リヒト君は「もりもり、むきむきになる！」とがんばって食べていたが、やはり食べきることはできず……。お残しは駄目なので私も手伝った。

それでも食べきれなかったので、見かねた隣席のおじさんたちも一緒に食べてくれた。

日本だと行儀悪いし、知らない人と分け合って一緒に食べるなんてことはないから、リヒト君は大丈夫かな？　と思ったが楽しそうだった。

皆の「がんばったなあ！」という歓声を浴びながらリヒト君の最後の一口は終わった。

リヒト君の魅力に取り憑《つ》かれたのか、いつの間にか店内の皆が初孫の運動会を見守る祖父母と化していた。リヒト君も満腹で苦しそうだがにこにこと笑顔だ。

皆に応援してもらってがんばったリヒト君を見ていると、お姉さん泣きそうです！

「ほんの少しだけど、僕もおじさんたちのようなかっこいい冒険者に近づいた気がします！」

「お、おう！　そうかそうか！」

「これからもしっかり食えよ！　俺たちの分も食うか⁉」

「もう食べられませんよ！　お腹がパンパンです！」

よし、今のうちに……。リヒト君が周りの人たちと話している間に、店の娘さんのところに行った私は、こっそりと会計をした。

前世でテレビで見たのだが、某ゴージャス姉妹が店で偶然居合わせた知り合いのお会計を知らないうちに済ませて去っていたという。とてもスマートだ。

私もそれに倣って、今いるお客さんのお会計を全て持とうと思う。

一々合算するのも大変なので多めに渡した。

生活のために日々クエストをこなしていたが、お金を使うことがほとんどないので貯まる一方で、正直腐るほどある。

なによりお客さんたちのおかげで、リヒト君に「この世界にも温かい人たちはいる」ということを知ってもらえたので、感謝の気持ちとしても払いたい。

全員分の支払いをする私に娘さんは目を見開いて驚いていたが、リヒト君が嬉しそうなのでお礼をしたいから、と伝えると頷《うなず》いてくれた。

よし、これでスマートに去ったら、私もファビュラスなハーフエルフになれるだろう！

「じゃあリヒト君を呼んで帰……」

「みなさあああん！　こちらの太っ腹な美人さんが、皆さんの支払いも全部済ませてくださいましたよおおお！　さあ、もっと飲みましょう！」

「な、なんだってー！！！？」

「こりゃあツイてる！！！！」

「「「うおおおおお！！！！」」」

娘さんの呼びかけで店内が歓声に包まれた。あれ？　スマート……ファビュラスはどこに⁉

「店の嬢ちゃん！　追加分の飲み代もタダかい⁉」

「なにを言っているんですか！　それは払ってください！」

お金とるんかい！　私は余分に払っているのに。商売上手である。

「お、お姉さん！　いいんですか？」

席についていたリヒト君が慌ててこちらまでやってきた。

「心配しないで！　お姉さんは強いから、お金なんて魔物を倒したらいくらでも稼げるの！」

「ははっ！　さすがだ！　すげえ姉ちゃんだな！」

近くにいた大柄な男が話に入り込んで来て、私の背中をバシッと叩《たた》いた。

あれ、この人見たことあるかも……って痛いのですが！

「ボウズ。姉ちゃんにばかり世話をかけてないで、お前も強くなって、姉ちゃんに楽をさせてやらなきゃいけねえぞ！」

「……はい！　お姉さん、僕もしっかり稼ぎます！」

私がお世話したいんだから余計なこと言わないでよ！　と思ったが、リヒト君のキリッとした顔が見られたから許す！

「わあ、もう真っ暗だ！」

入ったときはまだ空が明るかったはずだが、店を出るともうすっかり夜が更けていた。

今日はもう宿に戻り休もう。

ここから宿までの道は人通りが少ない。今は誰もいなくて静かだ。

ぽつぽつと立っている街灯が闇夜に浮かんで綺麗《きれい》で、夜の散歩だと思うと最高の気分だ。

「リヒト君、今日は疲れた？」

夜風にあたりながら、二人並んで歩く。

お酒は飲んでいないがはしゃいでしまったからか、風が冷たくて気持ちいい。

「正直に言うと疲れちゃいましたけど……でも、それ以上に楽しかったです！」

満面の笑みが、それが本心であることを物語っている。

「よかった！　リヒト君が喜んでくれてお姉さんは嬉しいっ！」

お姉さんはスキップしてしまいそうだよ。というか、ちょっとしている。

「お姉さん」

「うん？」

突然足を止めたリヒト君に呼ばれ、私も立ち止まった。スキップしていたのがバレた？

「僕のためにこんなにたくさんのことをしてくれたのはお姉さんが初めてです」

「え？」

「僕のことを一番にしてくれたのもお姉さんが初めてです」

「リヒト君……」

「楽しかったし、嬉しかったです。僕、この世界に来ることができてよかった。お姉さんに出会えてよかった！」

「リヒト君〜〜〜っ！！！！」

リヒト君の少し照れくさそうな笑みを見て私の涙腺《るいせん》は崩壊した。

嬉しさと共に、まだ子どものリヒト君から感じる孤独感に切なくなったけれど、私のリヒト君を絶対に幸せにする！　という意志はより強固なものになった。

リヒト君のもとに駆け寄り、両手をギュッと掴《つか》む。自然と口元がほころんだ。

「お姉さんもリヒト君に会えて嬉しいよ！　この世界でリヒト君としたいこと、まだまだいっぱいあるんだからね！　覚悟していてね！」

疲れたって言っても休ませてあげないかも！　と脅すとリヒト君は笑った。

「ふふっ、はい！　楽しみですっ」

あああ、世界中の人、見て！　この笑顔！　尊いを具現化するとこうなります！

もっと甘やかしたい！　駄目保護者だと言われてもいい！

心の中で大騒ぎしている私と片手は繋《つな》いだまま、リヒト君は再び歩き出した。

私も歩幅を合わせて歩き出す。

「カトレアさんたちは僕に冷たかったけれど、お店の人たちは僕に優しくしてくれました。それに……この世界にはお姉さんがいます。だから僕は、やっぱり勇者になりたいと思いました。この世界の人たちも、お姉さんも守る勇者になりたいです」

繋いだ手に力がこもる。

歩きながら前を見るリヒト君の目には強い光が宿っているようだった。

宿に戻り休む身支度を調えると、リヒト君は倒れるように眠った。

ダンジョンを進んだり、一気にレベルを上げたりして疲れたのだろう。つらそうだった昨日とは違う気持ちよさそうな寝顔を見ていると、私も幸せな気持ちでいっぱいになった。

頼れる人がいない環境でつらい目にあって、こちらの世界に来てから心が休まったことがなかったのかもしれない。

リヒト君に「この世界にきてよかった」と言ってもらえたのは嬉《うれ》しいけれど、本当に元の世界に戻りたいとは思わないのかな？

慌ただしい日々で考える余裕がなかっただけで、時間の経過と共に家族が恋しくなるかも。

そうなったときはリヒト君が帰ることができるように協力したい。……とっても寂しいけれど。

「とにかく、リヒト君の気持ちと幸せを優先しなきゃね」

穏やかなこの寝顔を守っていきたいな。

目を閉じているといつもよりさらに幼く見えるリヒト君のほっぺをちょんと突《つつ》く。

「ふふ、かわいいっ。おやすみ、リヒト君」

◆

ちゅんちゅんと鳴く鳥の声が聞こえ、パチッと音が鳴りそうな勢いで瞼《まぶた》を開けた。

朝だーっ！　幸せな気分で眠りについた私は、目覚めた瞬間に「今日はリヒト君となにをしようかなぁ！」とわくわくした。

今日もリヒト君に喜んでもらいたい。いや、昨日よりもっと！　昨日の私を超えるのだ、私！

リヒト君が名実ともに勇者になるには試練を受けて、大精霊の武器を手に入れる必要がある。

さすがにゲームでは勇者になる瞬間に立ち会うことなんてなかったから、試練の内容は分からないが、もう少しレベルと実戦経験を積んでおきたいところだ。レベル50は超えてもらいたい。

それにいずれ勇者として活動するならあちこちに行くだろうから、今のうちにリヒト君にもギルドに登録してもらおう。

「リヒト君は……まだぐっすり寝ているよね？」

窓際のベッドに目をやる。よく眠っているようで、すーすーと規則的な寝息が聞こえた。

今日もリヒト君はかわいい。寝息までかわいい。それに――。

「はあ、神々しい……朝陽を浴びてきらきらと輝く銀の御髪《おぐし》が…………え？」

銀髪？　目を擦ってたしかめたが、やはり神秘的でシルクのように艶《つや》やかな銀髪だ。

「まさか私、まだ寝ている？」

ゴブリンぐらいなら倒せる程度の力で自分の頬を叩いてみたが、ちゃんと起きていたようで地味に痛いだけだった。

銀髪の美少年の顔はもちろんリヒト君だ。別人になっているわけではない。

だが髪は色だけでなく長さも変わっている。横になっているから分かりづらいが、腰の辺りまでありそうな長髪だ。

元々まだ幼く男らしい感じではなかったが、より中性的に見える。

一万年に一人の美少女だと言われても頷ける。

「ん……お姉さん？」

「…………っ！」

ジーッと顔を見ていると、長い睫毛《まつげ》に縁取られた瞼が開いて、黄金の瞳《ひとみ》が現れた。

真っ黒だったリヒト君の瞳が！　金色に！

「お姉さん？　なにをしているの？」

自然と手を合わせていた私をリヒト君は不思議そうな顔で見ている。

「拝んでいるの。身体《からだ》が勝手に動いているだけだから気にしないで」

眠っているときも神々しかったが、目を開けると神々しさが断然増した。

私の少ない語彙《ごい》で表現するのは烏滸《おこ》がましい。『美』という一言に尽きる。絶対美だ。

拝むだけでは足りず跪《ひざまず》きたくなる。

「おはようございます。あれ？　この髪誰の…………痛っ⁉　え？」

ベッドで波打っている銀髪に気づいたリヒト君は、それが自分の髪と知らず引っ張ってしまった。

美の神はドジッ子属性も持ち合わせているらしい。恐れ入る。

「あれ？　よく見える……目がよくなってる？」

「え？」

「周りがはっきり見えるから、眼鏡《めがね》を外し忘れて寝たのかなって思ったんですけど……つけてない！　つけてないのにすごくよく見えます！」

髪の色が変わって視力も回復。こんなことができるのは……精霊しかいない。

精霊は様々な事象に影響を及ぼすことができる存在。乱暴に言ってしまえば『なんでもあり』だ。

色や能力の変化といえば……フォレストコングが銀色になっていた謎も、精霊の仕業？

そういえば戦う前に、強い敵を倒した方が得られる経験値が多いから、フォレストコングはもっと強くてもいいと言ったかも。

え、リヒト君の希望はなんでも叶《かな》えちゃうつもりなの⁉　私以上の過保護じゃん！　勇者だから精霊たちに好かれているのは不思議じゃないけれど、それにしてもリヒト君は特別な気がする。

ゲームでも、途中で容姿が変化したキャラクターなんていなかったはずだし……。でも、ストーリーパートに登場した光の勇者はたしかに銀髪の美青年だったな。

リヒト君は顔を洗ってくると洗面所に行き、戻ってくるとしょんぼりと肩を落としていた。

「リヒト君、どうしたの？」

「お姉さん……。僕の髪の毛、おじいちゃんみたいでした。目も光っているみたいで怖いし」

いやいやいやいや、おじいちゃんの髪にそんなキューティクルはない！

「なにを言っているの？　お姉さん、思わず拝んじゃうくらいの美しさだよ⁉」

「ええー……本当ですか？　変じゃない？」

「変なわけないでしょ！！！」

「そ、そうですか？　髪が長くて邪魔だなあ。お姉さん、切ってくれませ……」

「絶対嫌」

恐ろしいことをお願いされそうになったので全力で拒否した。

「あのね。お姉さん、美髪は三つ編みにしないと死んじゃう病なの。だから三つ編みにしていい？　していい？　するね！」

「死んじゃう⁉　病気だったら仕方ない……のかな？」

すかさずクシを手に取り、よく分かっていないリヒト君を言いくるめ、意気揚々と三つ編みを始める。三つ編み、絶対に似合うよ～！

美しい銀糸は手触りも最高で、私のような下賤《げせん》な者が触れるのは罪なのではないだろうか！　とドキドキしてしまう。

「ねえ、リヒト君。光の精霊になにかお願いした？」

「お願いですか？　してないですけど……どうしてですか？」

「フォレストコングが強い銀色バージョンになっていたのは、精霊がリヒト君のためにやったことだと思うの。だからリヒト君の変化も精霊によるものだと思うんだけど、なにかきっかけがあったのかなって思って……」

「うーん。お願いなんてしていな……あ。お姉さんとお話しているときに強くなりたい、勇者になりたいって話をしましたね。だから目をよくしてくれたのかな？」

「そうだったね！　リヒト君が心の底から勇者になりたいって願ったから、精霊が応えたのかもしれないね。でも、それだと容姿の変化だけじゃない気がするわね。他に変化はない？　ステータスとかはどう？　レベルは昨日のままかな？」

「ステータスを見てみます。ええっと、こうやって……」

リヒト君はカトレアたちからステータスの存在すら教えてもらっていなかったので、どうやって見るかなどの詳細は昨日伝えた。

今、思い出しながらステータスを確認中のようだ。独り言がかわいい。

「レベルは変わっていないですね。他のところも変わってないです」

「え？　そうなの？」

精霊が干渉してきているなら、とんでもないことになっていると思ったのだが……拍子抜けだ。

「あ、でもＨＰとかＭＰとか色んな項目に付けたしがあって、バツ２って書かれています。攻撃力とか防御力とか速さとか運とかも」

「バツ2？」

「はい。なんでバツ？　駄目ってことなんですかね……って、あれ？」

「どうしたの？」

「ＨＰをゲージ表示の方で見ると、数値が昨日の倍になっているんです」

……ん？　んん？　倍？　倍！　×２！

「もしかして………バツ２ってカケル２じゃない⁉」

「あ！　そうかも！」

リヒト君は「バツだと勘違いしちゃった、てへっ！」という顔をしているが、私は思わず顔が引き攣《つ》った。精霊よ、それはさすがに過保護が過ぎないか⁉

倍だとリヒト君が強くなればなるほど一般的な強さからどんどんかけ離れていく――。

「あっ。これ、なんだろう。精霊召喚？」

「精霊召喚⁉　なにそれ！」

字の通りだと精霊を召喚するのだと思うが、ゲームではそんなものはなかった。

というか、精霊って呼び出すことができるの⁉　六聖神星教でも精霊の声が聞こえただけで「聖告だ！」って大騒ぎしちゃうレベルなのに……呼びつけるの⁉

そんな話、転生してからも聞いたことがない。

「リヒト君、それってスキルなの⁉」

「え？　スキル……なのかな？　スキル覧とは別のところにあるんですけど、MPを消費するみたいだからそうなのかも？」

「……今、使える？」

「あ、はい。どれにしたらいいですか？」

「………ど、れ？　選べるの？　一つじゃないの？」

「コダマ、シシリー、シルキー、ほかにも………あ！　一番下に僕と同じ名前の精霊がいますよ！」

「えっ」

思わず私の手が止まった。リヒト君と同じ名前…………リヒト。

「ま、まさかそれ、呼び出せたりしないよね？」

「呼び出すのに必要なMPがすごくって。全然足りないみたいで無理です」

だよね、よかった……っていつかできる、なんてことはないよね!?

あのね、リヒト君。それ、大精霊だよ。

大精霊の武器は頂くつもりだけれど、ご本人を呼ぶと大変なことになると思う。

どう大変になるか想像もつかないけど、とにかく大変だと思うの！

リヒト君の名前を聞いたとき、偶然なのか意味があるのか分からないけれど、光の大精霊の武器を手にする子の名前が大精霊と同じだなんて運命的だなあと思った。

まあ、この世界でも大精霊にあやかって子どもにリヒトという名前をつける親もいるからすごく珍しい名前というわけではない。

それでも、カトレアたちもリヒト君に名前を聞いていれば「もしかして……」と考えることができたかもしれないのに、つくづく残念な人たちである。

とにかく、大精霊を無闇に呼び出すのは可能でもやめた方がいいだろう。

必要ならいつかきっと出会うことになるはずだ。たぶんそのときはやって来るような気がする。

「……今はそれ、見なかったことにしようか」

「？　分かりました」

私が妙に疲れた表情をしたからか、リヒト君は不思議そうにしながらも頷《うなず》いてくれた。

「じゃあ、一番呼びやすそうなコダマにしますか？」

「あー……やっぱり精霊はまた今度でいいかな。ありがとう。はい、三つ編みできた」

「ありがとうございます！　わあ、綱引きの綱みたいですね！」

リヒト君が編んだ髪を見てよく分からない喜び方をした。こんな神々しい綱なんてないからね。

編んだついでに気になっていた前髪は切らせてもらった。

動くのに邪魔な前髪とはいえ、美髪を切るのは大変心苦しかった！

でも、せっかくの整ったお顔が隠れるのは勿体《もったい》ないし、目が悪くなるしね。

そして全ての髪のセットが済んだ結果――。

「私の眼球が喜んでいるわ」

「？」

前髪がすっきりとしたリヒト君は、ルイがモブに降格してしまうほどの美少年になった。

眼福とはこのことだ。目の保養――むしろ栄養過多で目が潰《つぶ》れそう。

「なんでもないの。ありがとう。リヒト君、ありがとう……」

「どういたしまして？」

◆

「よし。じゃあ身支度ができたから、朝ご飯を食べてからギルドに行こう！」

ギルドは登録しておけばなにかと便利だし、ギルドカードはこの世界での身分証明になる。登録しておいて損はないだろう。

廊下に出ると、宿の女将《おかみ》さんと遭遇した。いつものように軽く挨拶《あいさつ》をしてすれ違おうとしたのだが、私に続き挨拶をしたリヒト君を見ると女将さんは固まった。

その瞬間、手からトレーが落ちて食器は割れ、スープは飛び散り階段を流れていった。大惨事だ。

分かるよ、リヒト君の美しさは、視界に入っても脳が瞬時には処理できない美しさだよね。

宿を出て町中を歩いている間も、リヒト君の美貌《びぼう》は注目を浴びていた。本人は「やっぱりおじいちゃんみたいなんだ！　変なんだ！」と半泣きで、全く自覚はないようだ。

「みんなリヒト君が素敵すぎてびっくりしているのよ」

「本当ですか？　変じゃないですか？　絶対？」

「君たち！」

あともう少しでギルドに着く、というところで私たちを呼び止める声が聞こえた。

聞き覚えがある声だと思ったら、カトレア一味の女性騎士シンシアだった。

「捜したよ！　見つけることができてよかった。……君、その髪！　瞳も！」

シンシアがリヒト君の変化に気づいて目を見開いた。

リヒト君はシンシアとあまり話をしたくないのか、顔を曇らせている。

「君の名はリヒトというのか？　そう呼ばれていたが……」

私たちのこの全力で拒んでいる空気、伝わりませんか？　話しかけないでよ。

「その容姿にリヒトという名前。まさか君が光の勇者なのか？」

「今さら名前を知ってなんだというのでしょう。あなたたちは彼を勇者じゃないと判断したのでは？」

まだリヒト君に話しかけようとするシンシアの前に仁王立ちをし、お前の相手は私じゃ！ という威圧をかけた。リヒト君と直接話すなんて二万年早い。

「……我々は間違っていたのかもしれない。虫のよすぎる話だとは思うが、もう一度我々と一緒に来てくれな……」

「駄目です。嫌です。無理です」

シンシアが言い切る前に断固拒否だ！ 最後まで聞く価値もない！

「あなたたちがリヒト君に言ったこと、やったこと。全てお忘れですか？」

「それについては謝罪しよう。すまなかった。どうか我々を許して、力をかし……」

「駄目です。嫌です。無理です」

いくらリヒト君に謝っても、私は「駄目、嫌、無理」を繰り返す機械となって流すだけだ。文化もなにもかも違う異世界で厄介払いをし、子ども一人で放り出しておきながら「ごめん」で済むと思うのか！ 優しいリヒト君なら許してしまうかもしれないが、私は絶対に許さない！

カトレアは言語道断で許せないが、いい人ぶってリヒト君を切り捨てたシンシアも私は絶対に許さないんだから！

苛立《いらだ》ちを隠しきれずシンシアを正面から睨《にら》みつけると、シンシアも強い視線を返してきた。

「私は彼と話しているのだ。彼が勇者だというのなら、その力は人々のために使われるべきだ。カトレア様とともに行けば、その力をより活かせるところに導いてくださる」

はい？　私はシンシアの口から飛び出した謎理論を聞いて、思わずぽか――んとしてしまった。

「はははは」

カトレアに導かれたら、不条理のワンダーランドに辿《たど》りつきそう。

「……何故《なぜ》笑う」

「面白くないけれど、冗談なんでしょ？　あのね、彼のことをいらないと言ったのはどの口ですか？　カトレアの口じゃないんですか？　勇者は一人なんですよね？　リヒト君が勇者だとしたら、ルイのことはどうするのです？　今度はルイを捨てるんですか？」

「………………」

こんな質問に答えられないのにリヒト君を連れて行こうなんて五億年早い。

「リヒト君、行こうか」

もう話すことはない。リヒト君に声をかけ、俯《うつむ》くシンシアの横を通り過ぎた。

そのままギルドに向かおうとしたのだが、リヒト君がシンシアの横を通り過ぎたとき――。

「頼む。一緒にカトレア様のところへ来てくれないか。もう一度話だけでも聞いてほしい！」

シンシアがリヒト君の腕を掴《つか》んだ。おのれ、話の分からぬ奴じゃ！　と憤ったが、リヒト君が私を見て頷いた。自分で話をつける気？

目を合わせると微笑《ほほえ》んでくれたので、一先《ひとま》ず私は大人しく見守ることにした。

「僕は行きません。僕の仲間はお姉さんだけです。だから、一緒には行きません。あの……今までありがとうございました」

シンシアの手を外し、しっかり目を見て話すリヒト君は立派だった。あんなに酷い待遇だったのに「ありがとう」を言えるなんて！　カトレアもシンシアも、この器の大きさを見習うがよい！

「なら！　二人で来てくれても……」

「絶対お断りです」

「僕も……ごめんなさい」

今、全私に感動の嵐が吹き荒れている最中なので、水を差さないで。

というか、もうリヒト君からも引導を渡したし、話は終わりでいいですよね？

「リヒト君、行こうか」

「待ってくれ！」

シンシアはまだ追いかけて来て、私たちの進路を塞《ふさ》いだ。しつこいのですがー！

「邪魔です。通してください」

「勇者を連れていかなければ、カトレア様のお立場が……！」

「そんなの知りませんよ」

むしろ無能が上のポジションにいるって害悪では？　カトレアってモラハラやパワハラしていそうだし、どこかの悩める部下さんたちに感謝されそうだ。

「……頼む。手荒なことはしたくない」

シンシアが腰に下げた剣の柄に手を置いた。説得が駄目なら実力行使ですか。

つくづく悪手を打つ人だ。だが、そっちがその気なら……。

一瞬で間合いを詰め、剣を握るシンシアの腕を掴み、値の張りそうな立派な剣を没収してポイ。

「通してもらうから。あなたは寝ていて」

「…………っ⁉」

掴んでいる腕を引き、隙をついてシンシアの身体《からだ》を背負うと、肩越しに前方向へ思いきり投げた。

シンシアの身体がくるりと回り、ドスンッという鈍い音を立てて地に落ちる。

手足を大の字に広げ、仰向けに倒れたシンシアは空を見て呆然《ぼうぜん》としている。

私がやったのは、いわゆる背負い投げだ。

そして！　今こそ！　シンシアのあの台詞《せりふ》を返すとき！

「普通の兵士にしてはがんばった方かしら」

地べたに寝ているシンシアを見下ろしながら、とうとう言ってやった！

確認はしていないがシンシアは間違いなく騎士だ。

兵士はなろうと思えばなれるが騎士は違う。騎士は兵士と違って身分が保証されているものしかなれず、その上高い知性と技量が求められる。それゆえに己に誇りを持っている。

シンシアはカトレアたちの中では一番の実力者で、モーリスにいる冒険者たちにならば負けないだろう。

私を見上げて呆然としていたシンシアだったが、次第にその顔は怒りに染まった。

同じようなことを人には言うけど、自分が言われたら怒るの？

「普通の少年としてなら上出来だ」

「？」

語り始めた私にシンシアは怒りながらも不思議そうな顔をした。……覚えていないのね。

「あなたたちに勇者だと言われ、勇者になるために真面目にがんばったリヒト君に、あなたがかけた言葉よ」

「！」

そこまで言うと思い出したのか、驚いた顔をした。

騎士として誇りを持っているあなたは「兵士にしては」と言われてどう思ったかしら。

私の言いたかったことが分かっただろうか。

リヒト君には本当に実力が備わっていなかったのだから言われても仕方がない、なんて言い訳をしたらぶっ飛ばそう。力を得ることのできる環境を与えなかったのはカトレアたちだ。

「わ、私は、そんなつもりでは……」

シンシアの言葉はリヒト君を傷つけるものだったと、ようやく分かったらしい。

「じゃあ、通してもらうわね。おやすみなさい」

「お、お姉さん……」

私はリヒト君の手を引いてその場を去った。はあああぁ、すっきりしたあああぁ！

「うん？」

シンシアが見えなくなったところでリヒト君に呼び止められた。

引いていた手を離し、振り返るとリヒト君は俯いていた。

はっ！　自己満足でしちゃったが、傷ついたのはリヒト君なのだ。

勝手にネチネチと仕返しのようなことをして、嫌な気分になっただろうか！

「ご、ごめんね！　お姉さん、あの言葉がどうしても許せなくて！　ずっと腹が立っていて、つい！」

嫌わないで～！　と焦っていると、バッと顔を上げたリヒト君も焦っていた。

「違うんです！　僕、シンシアさんにあの言葉を言われたとき、すごく悲しくて……くやしかったんです。でも、自分ではなにも言えなくて。さっきもお姉さんに全部任せてしまって……」

そう言うとまた下を向いてしゅんとしてしまった。嫌われていなかったことには安心したが、私がやったことでリヒト君に反省させてしまうなんて！

「なにを言っているの！　ちゃんと自分でカトレアたちのところに行きたくないって意思表示できたじゃない。それにありがとうって言えたでしょう？　理不尽なことがある中で感謝するのって、怒りをぶつけるより難しいことなんだよ？　リヒト君は偉いね」

勇者様にするのは失礼かもしれないが、頭をなでなでさせてもらった。

陰険なことは私に任せておいて、リヒト君には素直なままでいてほしい。

私の言葉に少し納得していない様子のリヒト君だったが、暫《しばら》くなでなでしていると笑顔を見せてくれた。僕も背負い投げしてみたいです！　と鼻息を荒くしているのがかわいい。

お姉さん、背負い投げでも一本背負いでも伝授しちゃう！

いつかカトレアでも投げ飛ばしてすっきりしてもらいたい。

「僕のために怒ってくれてありがとうございました」

照れくさそうな笑顔で改めてお礼を言ってくれたリヒト君を見て、「私、この子のためなら魔王にだってなれるわ！」と本気で思ったのだった。


シンシアを投げ飛ばしてすっきりした私は、気分よくギルドに到着した。そしてギルドの一階、町の人も利用するショップスペースに入ると、リヒト君の目がキラキラと輝いた。

ああ、そっか。まだこちらの世界で買い物をしたことがなかったね。

「わあ！　漫画であった武器屋さんに似てます！　すごい！　あっちは薬屋さんですか？」

「そうだよ。薬以外にも色々あるから、買い物してくる？」

「いいんですか⁉」

「もちろん！」

私に頼らず一人で買い物をしてみたいというリヒト君にお小遣い程度のお金を渡し、見送った。

好きなだけ買い物していいよ！　と言ったのだが、素敵な笑顔で断られてしまった。

いい子だけど、お姉さんは寂しい。もっと甘えてほしい！

先に行っていて欲しいと言われたので、受付がある二階へ向かった。

「うげっ」

受付にいる人物を見て思わず顔を顰《しか》めた。サブマスターのダグだ。

どうしてこんなところにいるのだ。向こうも私を見つけて顔を顰めている。わざわざ関わることはないと、ダグではない職員にリヒト君のギルド登録をお願いしたのだが……。

「受け付けられない？　どういうことでしょう」

「はっ！　不正はできても言葉は理解できなくなったか？」

避けたのに、私が頼んだ職員を押しのけてダグが出てきた。

しかも、まともに話も聞かずに門前払いだ。抗議をしようとしたが……待てよ？

ダグはリヒト君のことをなにもできない子ども、「勇者じゃなかった方」と思っているようだ。だとしたら、「ダグに加入を拒否された」ということを全面に出したままここは帰ろう。

勇者の加入を断ったダグは後々困ることになるだろうから。

「もういいです。あなたの判断で加入させてもらえなかった、ということでいいですね？」

「さっきからそう言っている。さっさと帰……」

「お姉さん！」

言質をとるために念を押していると、一階からリヒト君が上がってきた。

嬉《うれ》しそうに階段を駆け上がってくる姿が最高に輝いている。私の太陽！

「お、おい……その子どもは、お前が連れ回している子どもか⁉」

「どこから聞いたのか知りませんが、連れ回しているなんて人聞きの悪い。一緒に行動を共にしている大事な仲間です！」

背後からリヒト君をギュッと抱きしめてみせる。私たちはお互いが「特別」なの！

「お、お姉さんっ」

「あ、苦しかった？　ごめんね⁉」

リヒト君の雪の様に白い肌が赤くなっている。力いっぱい抱きしめすぎたかも。

ごめんね、私たちの仲を見せつけてやろうと思ったら、つい！

すぐに離れようとしたのだが、リヒト君が私の服をギュッと掴んで止めた。

「あの、連れ回されていないって……！　仲間だから、仲良しだって分かってもらわないと……」

カッ！　と私の目が開く。仲良しだと証明するために、離れるのをやめてくれた？

あたふたしているリヒト君はとても恥ずかしそうだが、それを我慢して私の服をギュッと掴んでくれているの？　と………尊すぎでは～～～⁉

俯いて顔を隠しているけれど丸見えの赤い耳、遠慮しつつもしっかりと私の服を握っている手。

国宝でいいのでは？　少なくとも私の二回分の人生の中で最高に尊いです。

「な、なんだ小僧、髪なんて染めやがって！　それにその装備はなんだ！　どこで手に入れた！」

「染めていません！　装備はお姉さんにもらいました」

「またお前か。どうやって手に入れた！　……いや、どうせそれもイカサマをして手に入れたんだろう。もしくは盗品に違いない。寄越せ！　こちらで預かる」

「寄越せだなんて追いはぎですか？」

馬鹿馬鹿しいので足も止めずに吐き捨てる。どうして苦労して手に入れた装備をダグに渡さなければいけないのだ。ダグに渡すくらいなら切り刻んで鼻紙にでもしてやる。

「誰が追いはぎだ！　盗人《ぬすっと》はお前だろう！　小僧、それを寄越せ！」

白銀シリーズを奪うつもりなのか、ダグはリヒト君のロングコートを掴んだ。

ちょっと、汚い手で触らないで！　今まで散々我慢してきたが、今度こそぶっ飛ばしてやろう。

そう意気込んで一歩踏み出したが、私よりも先にリヒト君が動いた。

「渡しません！　お姉さんにひどいことを言うな！」

リヒト君はロングコートを掴《つか》んでいるダグの片腕を両手で掴み、背負うようにしてそのまま前へと思い切り投げ飛ばした。ダグの大きな身体が宙に放り出される。そして――。

ダグは「ドシンッ！」と建物を揺らし、無様に床に這《は》いつくばった。

私と同じ背負い投げ……いや、少し違う……これは！

「一本背負い！！！」

腕一本を掴んで、力業で強引に投げ飛ばしただけなので、正確に言えば違うかもしれない。

柔道では見られないくらいダグの身体が宙を舞ったしね！　でもすごい……すごいよ！

「で、できちゃった……」

「リヒト君かっこいい～っ！　最っ高！」

思わずリヒト君に飛びついてしまった。お姉さん大興奮だよ！

きゃっきゃと騒ぐ私に反して、ギルド内はシーンとしている。

あごが外れるんじゃないか、というほど口を開けて呆然としている人が大勢だ。

こんな儚《はかな》げな美少年が、見上げるほど体格の違う相手を投げ飛ばしたのだから仕方がないか。

「おい、今の地響きはなんの騒ぎだ」

階段を上ってきて姿を現したのは、ダグよりも大柄で貫禄《かんろく》のある男だった。

その男はシーンとしているギルド内を見回し、私たちを見つけると笑顔で近寄ってきた。

「よお。昨夜《ゆうべ》はご馳走様《ちそうさま》。なにかやらかしたのはお前たちか？」

気軽に話しかけてきたけど……どなたですか？

「ボウズ、でかくはなってないが随分変わったな」

「あ！」

昨日食堂でリヒト君に「姉ちゃんに楽をさせてやれ」みたいなことを言った人だ。

ダグが私に絡み始めてから気まずそうにしていたギルドの職員たちが、この人が現れてホッとしているように見える。もしかしてギルド関係者だろうか。

「で、あれをあんな風にしたのはあんたか？」

あれというのはもちろんダグだ。落ちたときの打ち所が悪かったのか、投げ飛ばされたショックなのか分からないが、気を失っているようで床でのびたままだ。

男が私に聞いてきたが、隣にいるリヒト君が申し訳なさそうに小さく挙手した。

「ぼ、僕です……」

一本背負いができて興奮していたリヒト君だったが、今は大変なことをしてしまったと青ざめた顔をしている。大丈夫、リヒト君は悪くないからね。

私たちに非はないもの。文句があるなら徹底的に抗戦するぞ！　と身構えたが、男は目を丸くすると大きく口を開けて笑い始めた。

「そうか！　ボウズか！　やるじゃないか！　はははははは！」

豪快に笑いながら、今度はリヒト君の背中をバシバシ叩《たた》いた。それ結構痛いからやめて！

すぐにリヒト君を保護し、背中に隠した。

「そう睨《にら》むなって。茶くらい出すから、奥で話を聞かせてくれ」

そう言ってギルド職員以外は立ち入り禁止エリアの扉を開いた。私たちに入れと言わんばかりに扉を開けたまま押さえている。まあ、この人ならまともに話すことはできそうか。

というか、サブマスターを『あれ』扱いできる立場の人ってことは……ギルドマスター？

◆

アレセティの首都、アレスにある六聖神星教大神殿の奥にある一室。

「全く、あの子はなにをやっているのだ……」

大きな溜息《ためいき》と共に吐き出されたその一言は、天井の高い静かな部屋に響いた。

声の主の顔には普段よりも一層濃く疲労の色が浮かんでいる。

「……大丈夫ですか」

「大丈夫じゃない。ゲルルフ、お前の報告のせいで頭が割れそうだ。どうしてくれる」

責めるような発言はもちろん軽口だ。こんなつまらない軽口が思わず出てしまうほど、大神官フィリベルトは疲れ果てていた。

フィリベルトは艶のある長い金髪に青い目の美丈夫で、普段は美貌《びぼう》の大神官と持て囃《はや》されているのだが、今は見る影もない。

大神官という役職は六聖神星教において最高位である。六聖神星教は六属性を平等に尊ぶが、各属性それぞれに祭事や風習があるため、大神官もそれに対応できるよう六名いる。

フィリベルトは光の精霊にまつわることを取り仕切る光の大神官だ。国内外の祭事であちらこちらに飛び回り、承認が必要な書類や面会の申し入れが途切れることはない。

最近は特に多忙を極めており、このアレス大神殿に戻ってきたのも久しぶりだったのだが、休める気配は微塵《みじん》もない。

フィリベルトは齢三十。まだまだ若いと無理をしているが、自身の補佐官であるゲルフからもたらされた報告には現実逃避をしたくなった。

フィリベルトには十程歳の離れた異母妹がいる。名はカトレア。

幼い頃から大神殿で厳しく育ったフィリベルトと違い、カトレアは母親が王族ということもあり甘やかされて育った。

とはいえ、大きなトラブルもなく時は流れていたのだが、カトレアが六聖神星教の神官となってから問題が出てきた。

カトレアが光の精霊だけを尊ぶ光凶徒になってしまったのだ。

光の精霊を好む国民性のアレセティで生まれ育ったため、仕方のないことかもしれないが、六聖神星教内にいる大神官の身内としては大いに問題がある。

六聖神星教は世界中で信仰されており、国によっては六聖神星教が中心となっているところも存在する。だが、このアレセティは国を主体とし、六聖神星教は協力して国を支えている立場だ。

それにもかかわらず、カトレアは光の精霊こそが至上、六聖神星教を主体とすべきという主張をしている。

国内は光の精霊に傾倒しがちな教徒が多いものの全てではない。また、六聖神星教徒ではない者も一定数いるのだ。

六聖神星教を主体としてもこの国は成り立たないのだが、それが理解できない。大神官の妹だと優遇されていたため、なにか勘違いをしてしまったのかもしれない。

距離を置き、考えを改めるように諭していたのだが……。

「全く分かっていないじゃないか。悪化もいいところだ」

聖告――精霊からのお告げ。はっきりとした言葉でもたらされることもあるが聞き取れなかったり、意味を読み取ることができなかったりすることもある。

今現在最も新しい聖告は後者の方で、少しの単語が聞き取れた程度だった。いや、あれはただ精霊たちが騒いでいるのが聞こえてきた、というだけかもしれない。

【異界】【やっと】【あの子のもの】【祝福】【星見】

聞き取れたのはそんな言葉だった。大神殿の神官たちと協議をした結果、光の大精霊の武器を手にする者が現れるのではないか、ということになり調査を進めることになったのだが――。

どこからか聖告の情報を入手したカトレアが余計なことをしてくれた。

聖告の内容がはっきりしないため、光の大精霊の武器があるダンジョン周辺、【星見】という言葉から連想された精霊の星見塔の調査を行うための先行隊に入り込み、好き勝手に動いたのだ。

恐らく勇者を取り込み、自身の手柄にしたかったのだろう。

フィリベルトは多忙だったため、調査については報告だけを聞いていたのだが、調査隊にカトレアがいることも勇者が現れたことも知らされていなかった。

先日「光の勇者は一人か？」という問い合わせがあったことで不審に思い、調べてみた結果――現在、フィリベルトは頭を抱えているというわけである。

呆《あき》れたことにすでに勇者候補とは接触済みで、共にダンジョンを攻略中だという。

本来は調査だけの予定であったし、勇者が現れたというのならばすぐに報告が欲しかった。

元々調査に行く予定だった神官たちとは別行動をとっているようで、行動を共にしているのはカトレアの言うことをきく身内の騎士たちのみ。

カトレアのストッパーとなってくれる者がいそうにない。……というか、いなかった。

「異世界からきた者は二人だった。つまり勇者候補は二人だったが、カトレアの判断により一人を追い出した。…………嘘だよな？」

「本当です」

「追い出した方が本物だったらどうするのだ！」

「私に言われても困ります」

ゲルルフが表情を変えずに答えると、フィリベルトは再び大きな溜息をつき、額に手を当てた。

「……嫌な予感しかしないな。ゲルルフ、勇者候補たちとの交渉を頼めるか。とにかくお二方には一度こちらに来ていただきたい」

フィリベルトは自ら赴き、勇者候補たちと交渉したかったが、生憎《あいにく》動ける状態ではない。

多忙な今、補佐をしてくれる神武官のゲルルフがいなくなるのも大打撃だが、安心して頼めるのはゲルルフしかいなかった。

「なあ、ゲルルフ。お前だったら勇者じゃないと追い出されたあと、やっぱり勇者だから力をかしてくれ、と言われたらどうする？」

退出しようとしていたゲルルフの背中に質問を飛ばす。振り返ったゲルルフは真顔で答えた。

「寝言は寝て言え、と」

「だよな……」

追い出されたという勇者候補が謝罪を受け入れてくれることを願うばかりだ。

「それにしても異世界からきた黒目黒髪の少年か。……日本人か？」

「大神官様？」

「あ、いや。行ってくれ。……くれぐれも頼む」

「承知しました」

三章　影竜

男について行くと、一つだけ扉の造りが違う部屋に辿《たど》りついた。責任者の部屋、という感じだ。

「そこに座っていてくれ。茶を淹れる」

扉は威厳のある造りだったが、内装は思っていたよりも地味だった。テーブルを挟んで置いてある二人掛けソファにリヒト君と並んで腰を下ろすと、小さなキッチンスペースでお茶を淹れている男を見た。

おそらく歳は四十前後、赤髪で無精ヒゲがあり、背が高くガッシリとした体格で貫禄がある。よく見ると割と整った風貌《ふうぼう》のイケおじだけれど、昼間から樽《たる》で麦酒《ビール》を飲んでいそうだ。お茶なんて淹れられるの？

「ほらよ。これでも好評なんだぞ？」

私の失礼な考えはしっかりバレていたようだ。テーブルに置かれた、白地に青で蔦《つた》が描かれたお洒落《しゃれ》なティーカップから、紅茶のおいしそうな匂いがする。

「頂きます」

「おう、飲め。ボウズ、甘さは足りたか？　ミルクはいるか？」

「あ、はい。ミルクが欲しいです……」

リヒト君が少し恥ずかしそうにミルクをもらっている。恥じらうリヒト君とミルクティーは最高の組み合わせなので、お姉さんは癒やされました。というか、紅茶が本当においしくてびっくり！

「ギルドマスターにはお茶を淹れる業務があるのですか？」

対面のソファにどかりと腰を下ろした男が苦笑いを浮かべる。「あなたがダグをのさばらせていたギルドマスターですか」という私の怨念《おんねん》、伝わりました？

「素直においしいと言ってはもらえないかねえ？　俺は正確にはギルドマスター代理だ」

「代理？」

「ああ。ここのギルマスに会ったことはなかったか？　もういい歳のジジイなんだよ。腰が悪いってうるさくてな。後任が決まるまで待てねえって言うから繋ぎで来てやってんだ」

男をジーッと見ながら考える。安易にギルドマスターを任せられる人ってどういう人なのだろう。見たところは冒険者だが……有名な人なのだろうか。偉い人？

「で、さっきの騒ぎはなんだったんだ？　まあ、ダグがなにかやらかしたんだろうがな」

「あ！　それは僕が……熱っ。いたた……」

飲んでいた途中だったが、説明しようと焦ったリヒト君が舌を火傷《やけど》したみたいだ。猫舌なのかな。リヒト君ってば『かわいい』が次から次へと湧き出てくるから、お姉さんは大変です。

「あれ？　舌を火傷したと思ったけど……すぐに治った？」

「その装備、『常時ＨＰ・ＭＰ回復』っていう自動回復機能がついているから、その程度の怪我《けが》はすぐに治るよ」

「そうなんですか⁉　すごい！」

本当なら舌の火傷も防ぐような機能が欲しいくらいだ。あ、火属性無効がついていたら大丈夫かな？　でも、防いでしまうと猫舌でアチチなリヒト君が見られなくなるのは残念だ。

「……パッと見ただけでもとんでもない装備だとは思ったが、それはまた……。俄《にわか》には信じがたい機能だな。どこで手に入れた？」

「えっと……お姉さんに貸してもらいました」

「私はノーコメントです」

「そう言わず。売り物を買った、というわけではないんだろう？　教えてくれよ」

「私は物言わぬ貝です」

このやりとりはダグともしたのでもういいです。私は答えません。澄ました顔で紅茶を飲んでスルーしていると、ギルマス代理は根負けしたようで頭をガシガシと掻《か》いて溜息をついた。

「まったく、姉ちゃんは何者だ？」

「私はマリアベル。ご存じの通り、ただのファビュラスなハーフエルフです」

あと、ちょっと前世のゲーム知識で無双しているだけです。「なに言ってんだコイツ」みたいな顔をしているが、昨日奢《おご》って差し上げたのだからファビュラスについての異議は受け付けません。

「というか、あなたこそ何者ですか？　冒険者ですか？」

「ん？　ああ、そうだ。俺はファインツ。これでもそこそこ有名なんだぞ？　……で、そっちの未来の勇者君のお名前は？」

「！」

リヒト君が勇者になる子だと知っている？　銀髪に金色の目の組み合わせはなかなかいないが、銀髪や金目の人は少なからずいる。見た目だけでは勇者だと判断できないはず……。

代理といえどギルドマスターなのだから、勇者についての情報を持っていても不思議ではないが、警戒した方がよさそうだ。

「個人情報なのでお教えできません」

調べればすぐに分かるだろうけど、素直には答えたくない。リヒト君よりも先に私が答えると、隣のリヒト君は慌てて手で自分の口を覆った。言いそうになっていたのを思わず手で塞《ふさ》いだらしい。

わっ、かわいい！　小動物を超える抗えないかわいさに倒れそう！

「六聖神星教が捜している異世界からきた勇者ってのは君なんだろう？　リヒト君」

「……知っているなら聞かないで」

やっぱり調査済みだったか。どこまで調べているのか分からないから、もう余計なことは話さずダグとのやりとりだけ報告しよう。

「さっき下で起こったことだけど……」

ギルドにきた目的と起こったこととの経緯を説明した。

リヒト君がぶん投げてくれたので悪態についてはもういいが、登録できないのは困る。

「全く、あのおっさんはなにをやってんだか……。マリアベル、すまなかったな。今までのことも含めて、な。あいつの処分は任せてくれ。お前への態度のこと以外にも色々叩《たた》けば埃《ほこり》が出る身だ。

もう少しすれば、お前の視界に入ることもなくなるだろう」

ダグは放任しているのかと思っていたが、そうではなかったようだ。精霊のカンテラを持ちだしたこととか、カトレアとつるんでいることも把握しているのだろう。

いつまでこの町にいるか決めていないが、今はリヒト君のこともあるし、会わずに済んでストレスが減るならそれでいい。

「そんなことより、ギルド登録の方はなんとかなりませんか？」

「僕は駄目なんでしょうか」

「いや、未来の勇者の加入を断る馬鹿はあいつくらいだ。ギルドとしては大歓迎、床に頭を擦《こす》りつけてでもお願いしたいくらいだが……」

「だが？」

ファインツは立ち上がるとデスクに向かい、数枚の書類を手に持って戻ってきた。

その書類はリヒト君へと渡された。

「ギルドの規約だ。マリアベルは見たことがあると思うが、ボウズは読んでいないだろう？　組織に属するというのはメリットもあればデメリットもあるからな。しっかり自分でも目を通せ」

たしかにリヒト君本人にも規約を読んでもらい、納得してから手続きを進めた方がいいだろう。

「そうね、冒険者ギルドに入るかはもう一度リヒト君と話し合ってからにします。でも、そんなアドバイスをしていいの？　このギルドから勇者を出せることになるのに」

「ギルドマスターとしてはよくないが、少しばかりお節介をしたくなったのさ。まあ、ダグが勇者の加入を不当に拒否していたため当人たちの怒りを買い、あとから謝罪と説得をしても入ってもらえなかった、ってことにするから問題はねえ」

なるほど！「ダグのせいで勇者が加入しなかった」というのはさっき考えていたことだし、私の気も晴れるからいい。うんうん、と頷《うなず》く私の隣でリヒト君が遠慮がちに口を開いた。

「あの……。僕はギルドが……お姉さんと一緒がいいです。だから冒険者ギルドに入りたいです」

「はぐぅっ！」

不意打ちでお姉さんの心を撃ち抜くのはやめてほしい！

そんなことを言われたら「いいよ！　そうしよう！」と二つ返事をしてしまいそうだが、ここはリヒト君のためによく考えなければいけないのである。

「あのね、お姉さんも一緒がいい！　でも、リヒト君をもっと大事にしてくれるところがあるかもしれないし、とりあえず今は保留にしよう？」

「……分かりました」

笑ってはくれたけどしょんぼりしている。私はなんて業の深いことをしてしまったのだ！

「お昼ご飯、いっぱいおいしいもの食べようね！」

お昼ご飯くらいでは償いにはならないが、元気を出してもらうにはやっぱり食事だ。おやつもいっぱい買おう。

「なあ、マリアベル」

「なにかしら」

「お前、俺の嫁にならんか？　ボウズを息子としてさ。美人で強い。おまけに子ども好き。ぜひ嫁に欲しいね！　金も地位もある。苦労はさせないぞ。どうだ？」

「遠慮します」

地位に興味はないしお金はあるから、その口説《くど》き文句はまったく魅力的だと思えない。強くて美しい、つまりファビュラスだと認められたのは嬉《うれ》しいけどね！

「そうか。残念だ。ボウズも微妙な顔をしているし、今のところは諦めるか」

あら、リヒト君も息子になるのは嫌だったの？　ファインツは身を乗りだし、リヒト君の頭を撫《な》でようとしたが避けられていた。残念ね、リヒト君のなでなで権は私のものなのよ！

「はは！　ボウズには嫌われたか？　まあ、冒険者ギルドに加入したくなったらいつでも来てくれ。デートの誘いでも大歓迎だぜ」

「間に合ってますので」

「つれねえな」

おじさんの相手も疲れてきた。おいしい紅茶を飲み干すと、結局なにもすることなくギルドを出た。二階にダグの姿はなかったので回収されたようだ。まだ寝ていたらうっかり踏んでしまって帰ろうかな、と思っていたのに残念だ。

扉を開けて出たところで背伸びをする。太陽はすっかり高い位置になっている。

登録するためだけにきたのに時間がかかってしまった。

遅めの昼食を取ったあとはまたダンジョンに行き、軽くレベル上げをしてこの日は終わった。

◆

私とリヒト君は宿屋で寝泊まりをしながら、ダンジョンでレベルを上げる生活を続けた。

ルイたちも同じようにダンジョンでレベル上げをしているようでときおり接触しそうになるが、絡まれると面倒なので気配を感じると離れるようにしている。

いつものように、ダンジョンへ行こうとしていた、ある日――。

「いた！　君たち！」

「？」

大きな声がしたのでそちらに目を向けると、私たちを目指して駆け寄って来る男がいる。

この視界に入るとドロップキックを入れたくなる感じ……。

「……あ、いつぞやの経験値泥棒‼」

見なかったことにしよう。リヒト君の手を掴《つか》み、男と反対方向に進み始めた。

「え？　え？」とリヒト君は私と男を交互に見て戸惑っているけど気にしたら駄目だよ？

おばあちゃんに「霊がついてくるから、無闇にお地蔵さんに手を合わせてはいけません！」って言われたことない？　この人は優しい人だ、成仏させてくれる！　と思って取り憑《つ》くらしいから、無視が一番なのだ。

「ま、待ってくれ！」

スルーしてスタスタと進んだが、向こうは走っているのでさすがに追いつかれた。

通せんぼをするように前に立たれると無視することはできない。だから挨拶《あいさつ》した。

「こんにちは。さようなら」

最低限の礼は尽くしたからもういいよね。では！

「困っている人たちがいるんだ！　力を貸してほしい！　話だけでも聞いてくれないか！」

話だけでも聞いて、なんてものは悪徳商法や詐欺の常套句《じようとうく》だ。私はお布団もお墓の土地も買いません！　無視して離れようと思ったのだが、リヒト君にグイッと手を引かれた。

「お姉さん、話だけでも聞いてあげようよ。困っている人がいるみたいだし……」

「うぐぐっ！」

でもね、優しくしたら取り憑かれちゃ…………うけどいいかなっ！

リヒト君に見つめられてしまっては「NO！」とは言えない。

「とりあえず、話を聞くだけね」

「お姉さんありがとう！　今度僕からお姉さんにお礼するね」

リヒト君からお礼をもらう必要はないのだけれど、「お金がないので肩たたき券じゃ駄目ですか？」と聞かれたので、ありがたく頂く。

お姉さん、肩凝ってないけど全力で凝らす！

お昼時なので話は昼食をとりながら、となった。リヒト君のお腹が空いたら大変なので当然だ。

顔のいい経験値泥棒に、リヒト君に合いそうないい店がある！　と得意気に言われて辿《たど》り着いたのは、以前私がお客さん全員に奢ってあげた店だった。

リヒト君と思わず「ここか」と目を合わせてしまった。

わざわざ「きたことあるよ」と言うこともないので、黙ってあとをついて店に入ると、今日もあのちゃっかりした看板娘が出迎えてくれた。

私を見て「金払いのいい客がきた！」と思ったのかとっても笑顔になったが、隣にいるリヒト君を見ると目を見開いた。

「わあ、綺麗《きれい》な子！　……あれ？　この前の子と似ている気がするけど、はじめましてだよね？」

「こ、こんにちは。前にここでごはんを食べました……」

「え。あの子なの？　え？　えええええええっ！！！？」

お客さんたちが食事中だから「お静かに！」だよ！　娘さんの絶叫を聞きながら空席に向かう。

「すまない。穴場だと思っていたのだが、知っていたか」

四人席に腰を下ろすと、経験値泥棒が謝ってきた。

「おいしかったのでまた来られて嬉しいです」

気遣いのできる天使、リヒト君の微笑《ほほえ》みで世界を救えそうな気がする。

目の前の泥棒は救われたようで、表情が柔らかくなった。

妙にそわそわし始めた娘さんが注文をとりにきたので各々料理を頼む。

昼食タイムなので予《あらかじ》め作り置きがあるのか、すぐに出てきた料理を食べながら男の話を聞くことになった。ちなみに、リヒト君が頼んだのはオムライスだ。嬉しそうに食べているので好物とみた！

お姉さん、心にしっかりとメモしました。

「まだ名乗っていなかったな。俺はジークベルト。冒険者になったのは最近で旅をしている」

二十代後半くらいだと思うが、冒険者になったのは最近？　訳ありっぽいけれど、深入りしたくないので聞かない。

藤色の髪に青の瞳《ひとみ》。乙女ゲームなんかでいうと、ミステリアスやセクシー系を担当していそうなビジュアルだ。チャラそうにも見えるのだが、喋《しゃべ》り方は堅い。

「君はエルフのマリアベルだろう？　ギルドでよく名を耳にする。美しい女性だが、ソロでフォレストコングを倒す実力者だと」

「ふふ……」

人に噂されているのは嫌だが、『美しい』『実力者』と言われているなら悪い気はしない。ふふん、と得意気になっていると、オムライスを頬張っていたリヒト君のスプーンが止まった。

「僕もお姉さんは綺麗だと思います！　お姉さんより綺麗な人はいないです！」

「え⁉　ほんと？　ありがとう！」

何故《なぜ》か急に褒めてくれた。リヒト君に褒めてもらうのが一番嬉しい！

喜びいっぱいでお礼を言うと、リヒト君は私を褒めたことが恥ずかしくなってきたのか、顔を赤くして黙々とオムライスを食べ始めた。喉《のど》が詰まらないように気をつけてね！

「はは、君を褒めた俺に張り合ったのかな、この少年は？」

「リヒト君は私の特別な仲間です。私はリヒト君の相棒なのです！」

微笑ましそうにリヒト君を見るジークベルトに、言いたかった自己紹介をする。黙々と食べていたリヒト君が顔を上げたので、「私たち、相棒だよねー」「ねー」と笑い合う。幸せ！

「さっそく、聞いて欲しい話をさせてもらうが……。君たちはこの近くに『ドルソ』という村があるのを知っているか？」

「うん？　ドルソ……ドルソ……」

もぐもぐしながら首を傾《かし》げるリヒト君の隣で私はナイフを置いた。

……聞き覚えがある。いや、これは今世での聞き覚えじゃない。ゲームでなにかあったのだ。

「崖《がけ》と崖の間、危険なところにある村だ。吊《つ》り橋が張り巡らされていて……」

崖……吊り橋…………吊り橋！

「霧の吊り村！」

「知っていたか」

崖の中腹にある吊り橋だらけの村で、いつも濃い霧に包まれている場所だ。

知っている、知っていますとも！　そうか、この近くだったのか……。

「俺はギルドで、『ドルソでの調査』というクエストを受けた。人数制限のないクエストで、有益な情報には報酬が出ることになっていた。調査内容は……」

「黒い人影が歩き回っているから原因を調査しろ、でしょう？」

「！　そうだ。あのクエストはすぐに消されたのだが、見ていたのか？」

「クエストは消された？　誰かが達成したってこと？」

「いや、一度ギルドに戻った際に確認したのだが、最初からなかったことにされていた。俺が引き受けた形跡もなくなっていた」

「どういうこと？」

「分からない。だが、『黒い人影』は闇の精霊が関係しているのではないか、という推測が出ているようだった。もしかすると、光の精霊を好む者が……」

ああー……光凶徒が働きかけたのかもしれない。カトレアがダグを使ってやっていそうだ。

「もうクエストはないのにあなたはまだ調べているの？」

「ああ。村人たちは怯《おび》えていた。知ってしまったからには放っておくことはできない。影を消そうとしたが、斬っても空を斬るだけだった。魔法も効かない。光の大精霊の武器なら、なんとかできるかもしれないと思い、ダンジョンに潜っていたら君たちに会った。マリアベル、君の強さは噂以上だった。どうか協力してくれないか？」

「うーん……」

どうしようかな。このクエスト、『影竜』という新しい魔物が出現するようになるのを記念して行われた『影竜実装イベント』だろう。

影竜はイベントのボスで強いが、魔王級ではないので単独でも倒すことはできる。

できる、できるのだが……かなり疲れるんだよね。

その分もらえる経験値が多いので、大幅レベルアップのチャンスではある。

普通に考えるとリヒト君を連れて影竜に挑むなんてまだ早いのだが、大精霊の試練を受ける前にできるだけ力をつけておきたいし……。

「あ、あの、僕にもなにかお手伝いできることはないですか？」

悩んでいると、リヒト君がおずおずと口を開いた。

「少しでも力になれるのなら、僕はやってみたいです。お姉さん、僕にできることはないですか？」

「リヒト君……」

やっぱりリヒト君なら困っている人を見捨てたりしないし、力になりたいと思うよね。

リヒト君がやる気になっているのに、私が断るわけにはいかない。

「ちょっと危険だけれど、お姉さんと一緒にがんばろうか？」

「はいっ！」

装備にアイテム、スキル……。リヒト君に足りていないものはまだまだある。

気合をいれて準備をしないといけないけれどがんばるか！

ジークベルトに向かって頷《うなず》く。

「私たちに任せて。ドルソの問題、解決してあげる」

お腹いっぱい食べて、店を出た私たちは宿屋の部屋に戻った。

◆

「それでは、黒い人影対策会議をはじめます！」

宣言すると、リヒト君がパチパチと手を叩《たた》いてくれた。はい、かわいい！

癒やされつつ、私はリヒト君にこの事件が影竜実装イベントであることを話した。

「影竜――イベントのボスとなる新種の強い魔物を倒さなければいけないんですね」

「うん。影竜戦に入るまでの道のりも大変だし、難易度が高くてなかなか達成できないクエストだから、得られる経験値は膨大だけどね。クリアすると一気にレベルアップできるわ。ジークベルトが言っていた黒い人影は闇の精霊で、影竜が生まれる前触れなの」

このイベントはドルソの下にある谷底で起こる。真夜中の十二時から夜明けまでの長期戦だ。

スタートから午前六時までは延々と湧く魔物を夜通し倒し続けなければならない。

大量に湧く魔物は徐々に強くなっていく上、途切れないためキツい。

ゲームであれば死んでもやり直せるが、生身で挑戦するのは想像以上に大変だろう。

その上、戦闘が始まると戦闘エリアがロックされ、逃げることが最後までできなくなる。

影竜を倒すか、自分が死ぬかの二択になるのだ。

午前六時まで乗り切ると影竜が現れてボス戦となるが、戦い続けてくたくたになっている中、強敵と対峙《たいじ》しなければならないので精神的に追い詰められる。

ああ、本当に準備が大変だ……。

「そんなに大変なら、ジークベルトさんにも手伝ってもらった方がいいんじゃないですか？」

ジークベルトにはこの件を引き受ける条件として、私とリヒト君の二人に任せてほしいと言った。

彼は不服そうだったが、イベントの詳細を知っている理由を話すのも面倒だし、戦力としては微妙で、助けられるより助けなければいけない可能性の方が高い。

人数が少ない方が経験値もたくさん入るし、私とリヒト君だけで十分だ。

「大丈夫。私たちだけでなんとかできるわ。二人でがんばろうね」

「はい！　今度は役に立てるようにがんばります！」

「うんうん！　じゃあ、基本的にはお姉さんが全部倒していくけど、装備でダメージを防げるような魔物は残していくから、お任せしてもいい？」

「……僕、前より強くなれていませんか？」

明らかに「その作戦は不服です」と顔に書いてある。

たしかにリヒト君は強くなった。影竜以外は倒せると思うが、無傷ではいられないだろう。

リヒト君のことを知れば知るほど応援したくなるし、大切になる。だからリヒト君が怪我《けが》をするような事態は極力避けたい。危険をおかすのはもっと余裕を持てるくらい強くなってからでいい。

君は未来の勇者だけれど、まだ小学生なんだよ？

魔物がいるこの世界の子どもでもこんなハードな戦いはしない。

「強くなったけれど、影竜はまだちょっと早いかな」

「影竜のときはでしゃばりません。でも、それ以外の魔物は僕もちゃんと戦いたいです。僕もお姉さんに頼るばかりじゃなく、強くなってお姉さんの力になりたいです！」

リヒト君はまっすぐ私の目を見て言った。

意志の篭《こ》もった強い目――この目をしているときは折れないよね。

お姉さん、リヒト君のことを大分理解してきました。

「分かったわ。でも、お姉さんの指示に必ず従って。それと、これから話す魔物のことをきっちり覚えてね。倒し方を知っておけば、余裕を持って対処できるから」

「お姉さん、ありがとう！　うん、ちゃんと覚える！」

そう言うとリヒト君はギルドで買ったノートとペンを取りだした。

「メモを取るなんて偉いね！」

「僕、書かないと覚えられなくて」

「うんうん、書くのが一番覚えられるよね。今までちゃんと勉強してきたんだね」

「……僕は勉強しかできないから」

突然リヒト君の顔が曇り、俯《うつむ》いてしまった。また自分を否定するようなことを言って……。

「ねえ、リヒト君」

名前を呼ぶと顔を上げてくれたので視線を合わせた。

「勉強ができるのはすごいことだよ？　勉強ってどんなことにも必要なんだから。こうやって魔物を倒すのにも勉強がいるでしょう？　スポーツだってアスリートは身体《からだ》の作り方とか色々勉強するんだよ？　なんにでも必要な勉強が得意っていうことはすごい武器なんだよ！」

「……そう、かな」

うーん、納得していない顔だなあ。リヒト君の自信のなさは根深いようだ。

でも、この影竜イベントを無事に終えたらリヒト君にもなにか変化があるかもしれない。

「勉強しかって言うけど、お姉さんを元気にしてくれているでしょ？　リヒト君にしかできないことだよ。それに今度やろうって言った釣りも上手かもしれないよ？　できること、これからいっぱい見つけていこうね！」

「……そっか。これからでも増やせるんですね」

笑いかけると、リヒト君は驚いた表情をした。

リヒト君の人生なんてまだ「よーいドン！」と始まったばかりだ。

「そうだよ！」

「じゃあ、影竜の前に出てくる魔物の話をしようか」

「はい！」

元気いっぱいの笑顔が戻ってきたので頭をなでなでした。はあああ癒やし。

魔物の情報や倒し方、出てくる順番。その他も戦い方や注意点、休憩の仕方など、事前に知っておくと楽になる方法をどんどん伝えていく。

かなりの情報量なのだが、図やイラストを入れてまとめられたリヒト君のノートは分かりやすくて素晴らしい。本として売ったら馬鹿売れしそうだ。

一通り伝え終わったら、かなり時間が経っていた。私も喋り続けて口がカラカラになったので休憩だ。お茶を飲んで一息つく。

「お姉さん、あとはどんな準備があるんですか？」

頭をいっぱい使って疲れたので、ベッドでゴロゴロしている私にリヒト君が聞いてきた。

話すけど一緒にゴロゴロしよう？　と横をポンポンしたけれど、すごい勢いで首を横に振られてしまった。お姉さんは悲しい。傷心しながらも次の準備、アイテムの話に入る。

「ねえ、リヒト君。突然ですがクイズです！　お姉さんはね、ハーフエルフなの。なんの種族とエルフのハーフでしょうか！」

「え⁉　えーと……僕みたいな、人間？」

「ブブー！　正解はドワーフでしたー！」

「そうなんですか⁉」

「そうなのです！」

エルフは魔法を使うことに長《た》けた種族で、長く尖《とが》った耳に細身の長身、美形が多い。

ドワーフは鍛冶《かじ》や建築、物作りが得意で人族の倍は生きる長命な種族。身長は低めで、ガッシリした体格やふくよかな人が多い。

私は小柄で肉付きがいいが、耳が尖っているのでよくエルフだと思われる。

ゲームでは装備やアイテムを購入することはできたが、自分で作り出す『生産』と言われる要素がなかった。

転生してからは生産をやろうと思えばできるようになったのだが、専門の知識と技量が必要なため、冒険者活動の傍らでするのは難しい。

だが生産を簡単にやってのける方法がある。それがスキルでの生産だ。

地道に作れば何時間、何日もかかることがスキルなら一瞬だ。

生産系のスキルは努力して習得できるものではなく、生まれ持つスキルになるのだが種族によってその保有率が全然違う。

リヒト君のような人族には生産スキルを持つ者は少ないのだが、ドワーフとエルフには多い。

エルフは回復薬などのアイテム系、ドワーフは装備系のスキルを得意としている。

そして、そんな生産系スキル高確率保有種族のハイブリッドの私はアイテム系、装備系両方のスキルを持っているのだ！　ただ、ハーフだからかスキルの成功率があまりよくない。

でも、リヒト君がいると成功率を劇的に上げられるかも！

「リヒト君、お願いがあるの」

「なんですか？」

「あのね。今から私、完全回復薬を作るから、成功しろ！　って声に出して祈ってくれる？」

「え？　あ、はい」

不思議そうな顔をしているが言う通りにしてくれるようだ。ありがたい。今から作る完全回復薬だが、実は一発でできた例《ため》しがない。でも、私は今絶対に成功すると確信している！

旅の先々で色々な素材を収集してストックしてあるので、必要な素材もすぐ揃えることができる。

目の前に並べて準備をするとリヒト君に声をかけた。

「じゃあ、作るね！　……お願いします！」

スキルを発動し、完全回復薬を作製する。いつも通り失敗かな……という気配がしたが――。

「えっと……お姉さんの完全回復薬作りが成功しますように！」

「！」

リヒト君がお祈りのポーズをしながら叫ぶと、失敗の気配がしていたスキルの状態が一気に修正、真っ白な光を放ちながら完成した。でき上がったのは――。

「やった！　……って、あれ……完全回復薬じゃない？」

「え？　失敗ですか？」

「完全回復薬作りとしては失敗だけど……これは……万能完全回復薬！」

体力だけを完全に回復する完全回復薬を作ったつもりだったのだが、全ての状態変化も治す万能完全回復薬に進化していた。

リヒト君に祈ってもらえば、精霊が力を貸してくれて成功率が爆上がりするのでは？　という予想は当たっていたが、思っていた以上の効果だった。

「リヒト君のおかげで大成功だよ！　もっと準備をしておきたいから、またお願いしてもいい？」

「お祈りするだけでいいんですか？　そんなことでよければ、いくらでもやります！」

「ありがとう！」

リヒト君は自分のお祈りが精霊を動かしていることに気づいていない……。

万全を期すためとはいえ、君を使って精霊を利用する汚いお姉さんを許して！

◆

翌日、私たちはドルソへと向かった。

崖《がけ》沿いの狭い道を通ったり、洞窟《どうくつ》を抜けたりしなければいけないので、ドルソへの道のりは楽ではないのだが、私がショートカットの通路を覚えていたので思っていたよりも早く到着することができた。

ドルソの存在は忘れていたけど、思い出したら芋づる式に記憶が蘇《よみがえ》ってきたんだよね。

今までも色々な所をうろついては思い出し、ダンジョンに眠るレアな装備などを回収して回った。

今回も隠し通路で、『精霊の松明《たいまつ》』という重要なアイテムを回収することができた。

リヒト君には「薪拾いですか？」と言われてしまったが、これがあとでとても役に立つんだよ！

「ここがドルソですか！　危ない場所がいっぱいだ……。まだお昼なのに暗いですね」

崖のでっぱりの上に建てられた小屋やテント。洞窟をそのまま利用した住居。

それらを行き来できる年季の入った吊《つ》り橋や木の橋。

下を見ると暗闇が広がっている。落ちたら命はないだろう。

「陽の光があまり届かない上に、今は明かりをつけられないからね」

「黒い人影が消しに来るって言っていましたね」

「そう。だからこれがあると助かるの」

ここで拾ってきた精霊の松明の出番だ。火の精霊の力が宿っているので、普通の火より火力があるし、炭になることなく燃え続けるのだ。

「すごく明るくなりましたね！　うわあ……でも、周りが見えると余計に高さを感じて怖いかも」

「リヒト君は高所恐怖症？」

「いえ、高いところは好きなんですけど、ここはちょっと怖いです。あ、人影ってあれですね。わあ、精霊って分かっていても怖いですね」

リヒト君が指差す方を見ると、ゲームで見たものと同じ人影がふらふらと歩いていた。よく見るとかなりの数の人影が村中を歩き回っている。

これだけ数が増えているということは影竜の誕生が近いということだ。

「ああああああ‼　明るくしては駄目です！」

「あいつらが集まって来るよ！」

叫び声と共に、駆けよって来る足音が聞こえた。そちらを向くと、慌てた様子の子どもが見えた。いや、よく見ると大人でも子どものように見える小人族が二人だ。

二人は直進してくると、私の手にある精霊の松明を奪おうとしてきた。

だが取られないよう、自由の女神スタイルで回避。

「あなたたちはドルソの人？」

「そうです！　ああ、火を早く消して～！」

ぴょんぴょん飛び跳ねて必死に手を伸ばすが、私の手にある松明には全く届かない。

くたくたのポンチョのような服。ボロボロの大きなチューリップハットを被っていて顔は口元くらいしか見えない。一人は全体的に渋い緑、もう一人は赤茶色。かぼちゃとさつまいも感……。

決してかわいいと言える容姿ではないのだが、低身長のこぢんまりとした感じがなんだかかわいい。

とてもファンタジー感がある。この必死に飛び跳ねている様子もかわいい……って、早く説明してあげないと可哀想《かわいそう》か。

「大丈夫よ。ほら、周りを見て。黒い人影は集まって来ないでしょう？」

「え？」

私の言葉を聞いて二人はキョロキョロと周囲を見回した。

「ほ、本当だ……」

「あいつらが来ない……」

「「ふあっ⁉」」

喜びで飛び跳ねようとしていた二人だったが、私の隣にいるリヒト君に目を留めると、声も仕草も見事にシンクロしながら驚いた。

「白い！　綺麗《きれい》！」

「白い！　尊い！」

「『光の精霊様だ！』」

「ははーっ」という効果音が付きそうな様子で平伏す二人。

「あの、えっと……？」

リヒト君が助けを求めてくるが、私は「うんうん」とただ頷《うなず》いた。

たしかにリヒト君は綺麗で尊い。君たちはよく分かっている。

自分でなんとかするしかない、と悟ったリヒト君が困った顔で二人に話しかけたが……。

「あの……僕は精霊ではなくて、リヒトっていいます」

「『リヒト様⁉　光の大精霊様だっ！！！』」

二人はさらに平伏してしまった。

「ええっ⁉　あの、違います！　やめてください！　そんなことをしたら汚れちゃいますから！」

リヒト君は慌てて二人を起こそうとするが……。

「ああっ、小汚い我々にそのような気遣いをしてくださるなんて、さすが大精霊様！」

「心まで光のようにお美しいっ！」

二人は益々《ますます》リヒト君を大精霊だと思い込んでいく。

とうとう地面に座ったまま手を合わせて拝み始めてしまった。

うんうん、分かるよ。リヒト君の美しさと溢《あふ》れでる優しさに触れれば、光の大精霊だと勘違いしても仕方ない。

……あ、そうだ。悪い大人の私は閃《ひらめ》いた。

「ねえ、リヒト君。二人に近々人影はいなくなるから安心してって伝えて」

嘘は言わないが、この二人の勘違いを上手く利用して動きやすくさせてもらおう。

ツンツンとリヒト君を突《つつ》いてこっそり告げると、首を傾《かし》げながらも言う通りにしてくれた。

「もうすぐ僕たちが黒い人影が現れないようにします。あと少し待っていてくださいね」

「なんと！　精霊様がお救いしてくださる！」

「精霊様ありがとうございます！」

「あの、だから僕はリヒト……」

「「大精霊様！」」

私のお願い通りに話をしてくれるリヒト君……リヒト君を大精霊だと信じ込んでいる二人……なんてピュアな三人！

美少年と小人二人であわあわしている様子は和む。かわいい。

こんなピュアな人たちを都合よく誘導しようとしている自分が薄汚くて恥ずかしい！

近くで呼吸していてごめんなさい！　でもお姉さんはこの薄汚い道を突き進む！

まだ平伏している二人の近くに膝《ひざ》をつき、優しく語りかける。

「お二人とも、いいですか。村の人たちにも伝えるのです。私たちに任せて、あなたたちはいつも通りに過ごすのです。そしてなにか異変があっても、私たちを信じて静かに待つのです。いいですね？」

「「はい！！！！」」

怪しいセミナーでも開いていそうな語り口になってしまっている私を見て、リヒト君が不思議そうな顔をしている。

今の私はリヒト君という大精霊様の従者という設定です。

「では、この精霊の力が宿った松明を二本、あなたたちに託します。この松明の火は消えません。黒い人影も近づいてはきません。これを有効に使ってください」

「精霊様の力が⁉　そんな貴重なものを……！」

「ありがとうございます！」

影竜イベントの戦闘のとき、村に危険が迫ることはないが、地響きがしたり戦闘音が聞こえたり、なにかと影響があるかもしれない。その際に出歩いたりすると危険なので動かずにいて欲しい。

リヒト君――大精霊様の頼みとあらば言うことを聞いてくれるだろう。

精霊の松明を渡したから、今ここにいない村の人たちも、リヒト君という大精霊の存在を信じて従ってくれるはずだ。

「ギルドに依頼してもどうにもならなかったし……」

「きてくれた人だって帰っちゃったし……」

「うろつく影が怖くてまともにごはんも作れないし……」

「寝ているとなにをされるか分からないから、ゆっくり休めないし……」

泣いているのか、小さな身体《からだ》が震えている。ギルドに依頼したがジークベルト以外には無視され、解決の糸口が見つからず不安な日々だったに違いない。

「でも、やっと希望が見えました！　大精霊様、ありがとうございます！」

平伏していた二人は立ち上がると、リヒト君に何度も頭を下げて去っていった。

嬉《うれ》しそうに駆けていく背中を、私とリヒト君はなんとも言えない気持ちで見送った。

「ドルソの人たち、ずっとつらい思いをしていたんですね……。早くなんとかしてあげたいです。お姉さん、影竜を倒すことの他にも村の人たちの力になれることはないですか？」

「うーん……」

私もなんとかしてあげたいのだが、影竜戦に備えなければいけないし、黒い人影は危害を加えてくるわけではないから、装備やアイテムをあげても意味がない。

「今は影竜を倒すことが、私たちにできる一番の協力になるんじゃないかな」

食材を確保したり、料理を作って提供することもできるが、それをしていると影竜を倒すのが遅くなる。生活を助けるならば、影竜討伐後の方がいいだろう。

そう思って答えたのだが、納得がいかないのかリヒト君はまだ考え込んでいる。

「……じゃあ、その松明をもっとあげられませんか？」

拾った精霊の松明は十二本。あと十本あるが、これは影竜とのバトル場を照らすために必要だ。あまり数を減らすと、全体的に戦闘の難易度が上がってしまう。長時間の戦闘なのでそれは困る。

「これ以上は減らせないの。ごめんね、あまり彼らの力になってあげられなくて……」

「あ……いえ、お姉さんはなにも悪くないです。無理を言ってごめんなさい。なにもできない僕が偉そうに言って……ごめんなさい」

ああ……最近は自信がついてきたのか笑顔が増えていたのに暗い顔をさせてしまった。

影竜戦にばかり意識がいって、困っている人がいる、ということを置き去りにしてしまっていた私のせいだ。

ゲームと現実との違いにちゃんと気をつけながら生きてきたつもりだったが……まだまだだな。

「村の人たちのためにもがんばろうね！　お姉さんもしっかり影竜倒すから！」

「僕ができることは……。…………はい」

返事をしてくれたが、思い詰めているような顔だ。

リヒト君は優しいから、すぐに助けてあげられないことが心苦しいのだと思った。

でも、影竜を倒したら村の環境はぐっとよくなる。そうしたらリヒト君もまた笑顔を見せてくれるようになるだろうと、今はなにも言わずにいることにしたのだが――。

このあと、もっとちゃんと話しておけばよかった、と後悔することになったのだった。

◆

小人族の二人と別れたあと、私とリヒト君はドルソの村からさらに崖を下り、底へと辿《たど》り着いた。

ドルソには僅《わず》かに届いていた陽の光が完全になくなった。霧も濃く、空気は湿っていて重たい。

真っ暗で耳がおかしくなるほど静かな場所――。

精霊の松明がなければ前後の感覚すらなくしてしまいそうだ。

ぼんやりと浮かび上がるくねくねと曲がった一本道を進む。

「リヒト君、大丈夫？」

「………はい」

足場が悪いのでリヒト君の手を引いて歩いているのだが、話しかけても空返事だ。

まだ村の人たちのことを考えているのだろう。そっとしておいた方がいいかな。

無駄に話しかけることをやめ、二人の足音だけを聞きながら進んだ。

「着いたよ」

崖の底に着いてから五分ほど歩いた先。

サッカーフィールド程度の開けた場所が戦闘の舞台となる。視界を確保するため、精霊の松明を崖《がけ》の壁面十ヶ所にセットしておく。これで暗闇の中で戦わずに済む。

「お姉さん、あれはなんですか？」

松明のおかげで見渡せるようになった戦場のど真ん中に、黒い岩が地面から突き出ている。

「あれは卵みたいなものね」

「卵？　あれ、人影が……あっ」

村を彷徨《さまよ》っていた黒い人影が現れ、岩の中へと消えていった。人影は次々と現れ、全て岩の中へと入っていく。

「もしかして、影竜の卵ですか？」

「そうよ。始めは普通の岩みたいなんだけど、闇の精霊が集まって来て段々黒くなるの。もう真っ黒だから、いつ生まれてもおかしくないわね」

「今日の夜にでも？」

「私たちが居合わせたらね。でも、今日はリヒト君も寝不足だし、早くても明日にしよう。今日は下見と準備のつもりできただけだからね」

ゲームとしてはプレイヤーがいないとイベントの意味がないので、誰かがいないと始まらない。

現実となった今でも、経験上その原理は適用されているように思う。だからイベント条件の十二時に私たちがここにきたら影竜イベント開始、ということになるはずだ。

「でも、少しでも早く倒した方がいいですよね？　村の人たちを早く楽にしてあげたいです。僕、寝不足でも大丈夫です！　今日……」

「大丈夫じゃありません！　今日は駄目。明日ね！」

「…………」

焦ってもいいことはない。村の人たちにはつらい時間が延びることになって申し訳ないが、リヒト君の安全を思えば無理はさせられない。

リヒト君は納得をしていない顔だが、頭では理解しているようでそれ以上はなにも言わなかった。

「さあ、最後の準備を始めましょうか」

「最後の準備？」

「そう。リヒト君のスキル習得と、スキルを使う練習」

スキルには二種類ある。成長、レベルアップによって自動的に習得できるものと、スキルを習得できるアイテム――スキル水晶を使うもの。今からリヒト君にはスキル水晶を使って習得してもらい、習得したスキルを使う練習もしてもらう。

付け焼き刃になってしまうが、スキルを使った経験があるのとないのとでは全然違う。

「スキルを覚えるためのアイテムがこれ、スキル水晶。とりあえず、リヒト君のレベルで覚えられるものを全部渡すから。覚えていってね」

収集癖があるので自分が覚えているスキルでも一つは取っておいてあるし、あちこち行って貴重なスキル水晶も拾っているのでかなりの数だ。どんどん覚えていこう！

「あの、こんなにたくさんのアイテム、本当に使ってもいいんでしょうか……」

「いいのよ！　使ってこその道具だもの。リヒト君の安全のためだしね。これで魔法も使えるようになるよ！」

「……ありがとうございます」

一先《ひとま》ずスキルを覚えていこう、ということで、スキル水晶をどんどん渡していく。

今まで物理攻撃は斬ったり殴ったり、単純なことしかできなかったが、スキルとしての打撃や斬撃ができるようになったし、リヒト君が使いたがっていた魔法も使えるようになった。

これでアイテムがなくても回復ができるようになった。

でも今はただ覚えただけで、上手く活用できるようになるにはまだまだ時間がかかるだろう。

「具合が悪くなったりはしていない？」

「大丈夫です」

一気に詰め込んで頭が痛くなったりしていないか心配になったが問題ないようだ。

「じゃあ、今覚えたスキルや魔法を模擬戦で使ってみようか」

リヒト君が使いやすいスキルを探すため一通り試してみることにしたが、スキルや魔法を使うには、体力を削ったり魔力を消費したりしなければならない。

体力がゼロになると死んでしまうし、魔力がなくなると倒れてしまうので注意が必要だ。

休憩を取りながらやろうと言ったのだが、リヒト君は全く休憩をしなかった。

「わあ、もうこんな時間⁉」

ずっと暗いので気づかなかったが、かなり時間が経ってしまっていた。

「ごめんね、疲れたよね！　続きは明日にしよう」

「平気です。まだまだやれます！」

「無理をしちゃだめ！　スキルを一気に覚えたし、身体も動かしたからしっかり休まないと！」

「でも……。早くもっと強くなりたいです」

「充分強くなっているわ。今必要なのは休息よ」

リヒト君は身体を休めず、魔法やアイテムで回復を繰り返したことでかなり疲労が溜《た》まっているはずなのに無理をしようとしている。このまま続けると倒れちゃうよ。

自分の限界が分からず、気持ちでなんとかなると思ってしまうのは危険だ。とにかく休んでもらわないと！

まだ納得していない様子のリヒト君の手を引いてドルソの村に戻った。

「本当だ！　大精霊様だ！」

小人族の二人から話を聞いた村の人たちが、私たちを歓迎してくれた。

休めるように空き家を整え、食事まで用意してくれていた。

「ありがたいわよね」

「はい……」

食事を終えて休む準備をしているけれど、リヒト君の顔はまだ暗い。

むしろ時間の経過とともに、さらに暗くなっている。

村人たちの期待を感じて、なんとかしてあげたいという気持ちが余計に増したのだろう。

気持ちは分かるけれど、焦ってリヒト君が怪我《けが》をするようなことになったら大変だ。

「焦らなくてもいいからね。装備もスキルも万全だし、レベルアップだってお姉さんに任せて！」

リヒト君は私の言葉を静かに聞いて頷《うなず》いた。分かってくれてホッとした。

「明日に備えて早く寝ようか」

「……はい」

二つ並んで置かれたベッドの片方にリヒト君が横になった。私も隣のベッドに腰かける。

「お姉さん」

「うん？」

呼ばれたので顔を向けると、リヒト君と目が合った。

「僕に優しくしてくれて、仲間になってくれて、色々なことを教えてくれてありがとうございます」

少し照れくさいのかはにかみながらも伝えてくれた言葉に、私は胸がいっぱいになる。

「こちらこそ、仲間にしてくれてありがとう！　ふふっ、急に改まってどうしたの？」

「……お姉さんを見ていたら、なんだか言いたくなったんです」

そう言うとリヒト君は深く布団を被ってしまった。言葉も仕草もかわいい～っ！

少しするとちょこんと頭がでてきたが動かなくなったので寝たのだろう。

「リヒト君、これからもよろしくね」

寝ているリヒト君には聞こえないと思うが、私も言いたくなった。

「……私も寝よう。明日は気合を入れてがんばらなきゃ。絶対にリヒト君に怪我なんてさせないんだから！」

一本だけ持ってきた精霊の松明の火を小さくし、窓の近くに置いて私も横になった。

「リヒト君、おやすみ」

しっかりと身体《からだ》を休めてね。

明日もリヒト君の体調が良ければスキルの練習をして、しっかりご飯も食べて……。

予定を組み立てていると、私もいつの間にか眠っていたのだった。

「……お姉さん、ごめんなさい」

パチッと音がしそうなほど、突然はっきりと目が覚めた。

瞼《まぶた》を開けたはずだが、起きたのかどうか分からないくらい真っ暗だ。

小さく火を灯《とも》していたはずの精霊の松明がなくなっている。……胸がざわりとした。

火力を絞った火の魔法で部屋を照らし、隣のベッドに目を向けると――。

「リヒト君？」

そこにあるはずの姿がなかった。ベッドの布団に潜り込んでいるのかと捲《めく》ってみたが……いない。

リヒト君がいないベッドに触れてみると冷たかった。ベッドから出て時間が経っている？

『でも、少しでも早く倒した方がいいですよね？　村の人たちを早く楽にしてあげたいです』

ハッと時計を見る。二十三時五十分。…………まさか。

その可能性が浮かんだ瞬間、全速力で駆けだした。

違っているならそれでいい。とにかく行かなければ間に合わない！

精霊の松明がないから暗くて足場が分からない。

苛々《いらいら》しながらも足場を照らす火の魔法を維持しながら進む。普通に走って追いかけたのでは間に合わない。危険だが、崖の斜面を降りることにした。

岩のでっぱりに飛び移りながら下っていくが、時折足元が滑る。

擦り傷ができていくし、そこら中に身体をぶつけてしまっているが構っていられない。

リヒト君はきっと崖の底にいる。一人で影竜イベントをこなそうとしているに違いない。

影竜イベントは始まると途中参加はできないのだ。開始に間に合わなければ、私はなにも手出しできなくなってしまう。

リヒト君が一人で影竜を倒すのは無理だ。危険な部分は全て私がやるつもりでいたから、影竜自身についてはそれほど詳しく伝えていない。

だからどれほど危険なのか、リヒト君はきっとわかっていないんだ！

ああっ、間に合わなかったらどうしよう！

「ぐっ……！」

底が見えてきたので一気に飛び降りたが、途中で岩にぶつかってしまった。

崖の斜面を転がり落ちるようにして底に着いた。

身体が痛い気がするが、そんなことはどうでもいい！　細い道を全力で走った。

「リヒト君！」

精霊の松明に照らされた戦場が見えてきた。

その中心にある真っ黒な岩の前にリヒト君の姿があった。

時刻は五十九分。良かった……間に合った！

早く私も戦場となるエリアに入らなければと駆け寄ったが——。

「お姉さん、来ないで！！！！」

「⁉」

リヒト君が叫んだ瞬間、私の身体が動かなくなった。必死に動かそうとしてもピクリともしない。

精霊がリヒト君の願いを叶《かな》えて邪魔しているのだ。

サーッと自分の血の気が引いていくのが分かった。

「リヒト君駄目！　お願いだから！」

「お姉さん、ごめんなさい」

リヒト君はまっすぐ私を見ていた。

「僕はお姉さんのおかげで強くなりました。経験値を分けてもらって、装備やアイテムもいっぱいもらって……。でも、それだけじゃ駄目なんです！　与えられて、ただ守られているだけだなんて……！　自分の力で困っている人を助けられるようになりたい。僕もお姉さんを守れるようになりたい。だから見守っていてください！」

「リヒト君、待って！！！」

時計の針がカチリと進む。リヒト君の足元で影が蠢《うごめ》き始めた。

「待ってよ！　ああ……どうしよう……ねえ、お願い、待って、やだ、やめて！」

私とリヒト君の間に、見えない壁ができていく。

「お願い精霊！　今は私の言うことを聞いて！　じゃないとあなたたちの大事なリヒト君が危ないの！　お願いだから離して！」

必死に叫んだが――。

「…………っ！　リヒト君っ！！！」

どれだけ藻掻《もが》いても、私の身体が動くことはなかった。

視線の先には剣を構えたリヒト君がいる。もう魔物が湧き始めたようだ。

リヒト君が初めて倒した魔物であるイビルラットが次々と姿を現す。

「もうあのときみたいに格好悪いことはしない！」

初戦闘のときとは違い、リヒト君はイビルラットを圧倒する。

他の魔物もどんどん倒していく。立派になった姿に感動……したいが、今はそうもいかない。

どうしよう、としか考えられない……ああっどうしよう！

このままだと駄目だと分かっているのに、しっかりしなきゃ……考えろ！

「精霊！　私を中に入れて！」

「………っ！　だめ！」

精霊に向けて叫んだが、すぐに抑止するリヒト君の声が響いた。

リヒト君と私を隔てる境界に手を伸ばしてみるが……見えない壁は消えていない。

「リヒト君のピンチが分からないかな⁉　なにかあってからじゃ遅いの！　あの子が大怪我《おおけが》したらどうするの⁉　あなたたちの前からいなくなるかも知れないのよ⁉　私を中に入れることは、今はリヒト君の意思に背くことになるけど、あとにあの子のためになるの！」

精霊と人の感性は違う。リヒト君の言うことをなんでも叶えてあげるのが、精霊の親愛の証《しるし》なのだろう。それでリヒト君が亡くなることになっても、望みを叶えた結果なら構わないのだ。

だが、それは間違っているのだと、私が言っていることの方がリヒト君のためにも、リヒト君を慕っている精霊のためにもなるのだ、ということをちゃんと伝えなければならない。

必死に叫ぶと、見えない壁が震えたような気がした。

「！」

壁に穴が空いた！　小さな拳《こぶし》くらいの穴が、どんどん広がって――。

「絶対に通さないで！　お姉さんの言うこと聞いたら精霊なんて嫌いになるから！」

リヒト君が叫んだ瞬間に穴は消えた。

「な　ん　で　だあああ！！！！」

上手くいきそうだったのに！

「リヒト君の頑固者っ！！！！」

駄目だ、リヒト君が許してくれない限り私が入ることはできない。

精霊め……散々利用してきちゃったけど、ここぞというときに使えないんだから！

説得するのはもう無理か。私が中に入ることは諦《あきら》めるしかないのかな……。

リヒト君が一人で戦うしかないのなら、ひたすらシールドを張ってやり過ごしてもらうのはどうだろう。でも、影竜戦は倒すか負けるか、どちらかにならないと解放されないか……。

精霊召喚はどうだろう。一人でがんばることに拘《こだわ》っているから、やってはくれない気がする。

結局、リヒト君が単身で影竜に勝つしかないのだ。でも今のままでは勝てない。

影竜戦に突入するまでに雑魚戦で強くなっておくしかないのだが、どこまで強くなれるか……。

とにかく……リヒト君はどうあっても一人でやると決めてしまったようだから、私も腹を括《くく》るしかない。迷っている時間はない。リヒト君が影竜を倒せるようにサポートしよう。

「リヒト君！　中に入るのは諦めるわ！　でも……手は出せないけれど口は出させてもらうからね！」

「嫌です！」

「はあああ！！！？」

まさかの拒否！　口すら出させてもらえないなんて！　リヒト君相手に一瞬キレてしまった。

「お姉さんは休んでいてください！」

「そんなことできるわけがないでしょう‼　いいから……っ」

いいから言うことを聞いて！　と言いかけてハッとした。

リヒト君のためだと言いながら彼の意見を押さえつけ、私本位で動いてきたから、今こんな事態に陥っているのだ。

このままではだめだ。ちゃんと分かり合って、納得してもらわなければ。

「リヒト君！　お姉さんはね、リヒト君が勇者になれるよう協力するけど、リヒト君が大きくなるまでは、お姉さんが守らなきゃって思っているの！　だからこんなことになって、すごく心配だし、危ないことをしたリヒト君にとっても怒ってる！　でも、こういうことをさせてしまったのはお姉さんがリヒト君の気持ちを抑えつけちゃったから。……反省してる！　ごめんなさい！」

リヒト君は話す余裕がないのか黙々と魔物を屠《ほふ》っているが、話を聞いてくれているのは分かる。

「リヒト君ならできるって、影竜を倒せるって、リヒト君を信じる！　だから……リヒト君ががんばるのを手伝わせて！　影竜を倒せるようにアドバイスさせて！」

　戦い続けているリヒト君から返事はない。でも、私が伝えたいことは伝えた。だからリヒト君にも届くはず……届いてほしい！

　暫《しばら》く戦っている様子を見守っていると、リヒト君はちらりとこちらを見た。

「お姉さんが謝ることなんてなにもないんです！　悪いのは僕です、ごめんなさい！」

　イビルラットが襲ってくるため戦い続けているが、意識はこちらに向けてくれているようだ。

　大人しく見守りながらリヒト君の言葉を待つ。

「お姉さんにだけ危ないことをさせてしまうのは、もう嫌だったんです！　僕が強くなるまでこんなことが続くのか、って。それに村の人を助けたいと思ったのは僕だから……僕が決めたことで、お姉さんを危険な目にあわせたくなかった！　勝手なことをしてごめんなさい。僕、お姉さんみたいに強くなります！　だから、サポートしてくれますか？」

　近くの敵を一掃し、こちらをまっすぐに見るリヒト君はとても頼もしく見えた。

　そうだ、この子は勇者なんだ。それも規格外の。私なんかよりずっと強くなれる子だ。

「もちろんだよ！」

　大きく拳を振り上げて頷《うなず》くと、輝く笑顔を返してくれた。大丈夫、なんとかなる気がしてきた！

　魔物がまた押し寄せてきたため、キリッとした凜々しい表情に戻ったリヒト君が駆け出した。さあ、私は私にできることをしよう！

「もう少ししたらイビルバット、コウモリみたいなのが交じってくるから、上空も気をつけて！

それとこれから先、危ないと思ったらとりあえずシールドを張ること！　ＨＰもＭＰも今は装備の自然回復で充分やっていけるけど、そのうちごっそり削られることも出てくるから！　回復魔法やアイテムを使うことにも慣れておいて！　影竜戦で使うスキルもね！」

「はい！」

リヒト君が焦らないように伝えたが、心配は無用だったようで終始落ち着いた様子だ。

見ている私の方がハラハラしている！

神様に祈ったことなんてなかったけど、今は自然と両手を組んでしまっている。

「これは……どうなっているんだ⁉」

必死に祈る私の背後からジークベルトが現れた。ああもう……なんで来るかなあ！

「あの子が一人で戦っているのか⁉　どうして助けにいかない！　……ぐあっ！」

駆け寄ろうとしたジークベルトが見えない壁に激突し、跳ね返って倒れた。コントか。

構ってはいられないのでジークベルトは放置だ。

「リヒト君！　魔物は一定数倒すとより強い魔物が出てくるようになるの！　この程度の魔物では大した経験値にならないから、最初の方の敵は、できるだけ早く倒していくことを心がけて！　今は群れる弱い魔物ばかりだから広域魔法で一気にいこう！」

「分かりました！」

リヒト君は返事と共に、広域風魔法を放った。オーバーキルで次々と霧散して消えていく。その場にいた三十匹程の魔物は一掃された。

「……なにが起こった？」

ジークベルトがリヒト君を見つめ、愕然《がくぜん》としている。

戦場に目を戻すと次の敵が現れた。ソーンタートル――ウミガメのような魔物だ。

「その魔物、基本動きは遅いけど、回転しながら突進してくるスピン攻撃は速くて攻撃力が高いから気をつけて！　先に出現した個体からスピン攻撃をしてくるから、よく見て出てきた順に倒していけば大丈夫！　倒すのに時間がかかるとスピンで囲まれちゃうから要注意！」

「分かりました！」

がんばれリヒト君！　まだまだ先は長い。

影竜を倒すことができたら、ダンジョン攻略なんて余裕だ。必死に攻略しているルイやカトレア、シンシアを華麗に追い抜いて「お先にごめんあそばせ。オホホ！」と高笑いしてやろう！


雑魚戦が始まり、三時間が経った。

「リヒト君大丈夫⁉　疲れてない？　痛くない⁉」

「はい！　……大丈夫です！」

……見ているお姉さんの方が大丈夫じゃないよ。

今までは精々転んだり、子どものケンカ程度で済むような怪我しかしてこなかっただろう。それなのに、先程から何度かＨＰが一気に減るような攻撃を食らっている。

ちゃんと見ていないといけないのに、私はもう何度手で顔を覆ったことか！

リヒト君に少し休憩してもらいたいが、影竜と戦うまでに少しでも強くなっておかなければならないことを考えると、休む暇はない。

「あれ？」

ジークベルトの周りでなにか黒いものが動いた気がした。リヒト君の周りにいた精霊の黒バージョンという感じで、淡い紫の光を放っている。もしかして……。

「闇の精霊？」

精霊っぽいものを見ながら首を傾《かし》げるとジークベルトがビクッと動いた。

ジークベルトの近くにいるし、本人もなにか自覚があるようだし……？

「あなた、闇の精霊に好かれているの？」

「君は見えるのか？　あ、いや……そ、そんなことは……」

分かりやすく挙動不審だな。

ジークベルトが焦り出すと精霊らしきものも焦ったようにサーッと離れていった。

精霊はなにをしてかすか分からないということは、リヒト君と一緒にいて身に染みている。

「リヒト君の邪魔だけはしないでね」

「リヒト君の邪魔だけはしないでね」

「ああ。もちろんだ」

「……分かっている」

大事なことなので二度言いました。邪魔になりそうな気配を感じたらまだまだ何度でも言うよ！

リヒト君が戦闘を始めて五時間が経った。現れる魔物もかなり強くなっているので一匹一匹により一層手を焼く。倒すペースが落ち、戦場は魔物で溢《あふ》れかえっている。

今リヒト君が戦っているのはバウンドオーク。雑魚戦で最後に湧く魔物だ。

リヒト君の倍はある巨体、お腹が大きくでっぱっていて前からの物理攻撃はゴムのように跳ね返される。その上魔法耐性も高く、ＨＰも多い。背面を物理攻撃すれば倒せるが時間がかかる。

私も幾度となく戦ったが面倒臭い敵だ。

「手こずっているな」

はい、ジークベルトは無視無視！

なかなか倒せず数を減らせないことにリヒト君が苛々《いらいら》している。一度シールドを張り、動きを止めると魔法の詠唱を始めた。魔法はあまり効かないのになにをするのだろう。

「凍れ！」

バウンドオークには氷魔法も効果がないよ！　と言おうと思ったが、リヒト君が氷魔法を放ったのは地面だった。地面がアイスリンクのように凍っていく。

これだけ地面をしっかりと凍らせるにはかなりＭＰが必要だろう。ＭＰ切れを起こさないか心配になったが……大丈夫そうだ。

「次は……！」

リヒト君は足場が全て凍ったのを確認すると、シールドを切ってバウンドオークのお腹を目がけて正面から斬り込んだ。

そんなことをしても跳ね返されるだけだよ⁉　案の定、リヒト君の攻撃は跳ね返されたが、その衝撃でバウンドオークは氷の上を滑ってよろけ――。

次の瞬間、リヒト君は巨体を支える足に蹴《け》り込み、バウンドオークを転倒させた。

無防備になるバウンドオークの背中。……これが狙いだったのね！

リヒト君すごい！　と私が感動しているうちに跳び上がっていたリヒト君は、バウンドオークの背中を真上から突き刺した。一撃必殺だ。

「こんな倒し方があるなんて！」

膨大なＭＰ、高い俊敏性と攻撃力がないと不可能だからできる人が限られるし、効率がいい戦い方だとは言えないかもしれないが、この瞬間に自分なりの対処法を見つけられたのがすごい。

リヒト君はこの方法をベースにしてバウンドオークを倒していく。次第に魔物が少なくなり、新たに湧かなくなってきた。

そろそろ夜が明けるのだろう。残っていた魔物を全て倒すと、戦場には静寂が訪れた。

まさに「嵐の前の静けさ」だ。

「……前座は終わったみたいね」

リヒト君が凍らせていた地面の氷がスッと消えると、バキッという大きな音が中央から聞こえてきた。影竜の卵が割れていく――。

「リヒト君！　影竜戦始まるわよ！」

卵から黒い霧が溢れ、私たちのところまで流れてきた。

「これは……なにが始まるんだ？」

「黙って見ていて」

黒い霧が集まり、固まりとなって形を作っていく。

そうして現れた影竜はまるで黒い霧をまとわせたティラノサウルスのようだ。

頭は大きく脚はどっしりとしているが、地に着いていない前足は小さくて尻尾《しっぽ》は大きい。

「な、なんだこの魔物は……！　こんなもの！　子ども一人で倒せるわけが！」

「うるさい！　黙って見守れ！」

騒ぐと私のアドバイスが届かないかもしれないでしょ！　怒鳴ると同時に睨《にら》みつけて黙らせた。

「リヒト君！　基本は氷の魔法で足止めして攻撃して！　弱点は尻尾と脚と頭！　一つずつ潰《つぶ》していこう！　最初は尻尾から！　とにかく動き出す前に能力アップ系の魔法は全部自分にかけて！」

「分かりました！」

「グオオオオオオオオオッ！！！」

再び両手を組んで祈っていると影竜が咆哮《ほうこう》した。ああ、とうとう始まってしまった……。

影竜が突進、さっそく噛《か》みつこうとしたがリヒト君はそれをかわした。余裕はあまりなさそうだが、かわし続けることはできそうだ。

リヒト君はかわしたついでに影竜の脚へ氷結魔法を撃ち込んでいる。上手い！

攻撃は当たってダメージを与えてはいるが、凍りつかせて動きを止めるまでには至らなかった。

私がやっても毎回凍りつくわけではないから焦る必要はない。……私がね！

「今の噛みつき攻撃はHPをごっそり削られるし、防御力も下がるの！　この戦闘が終わったらもとの数値に戻るけど、この戦闘中に回復する手段はないから気をつけて！」

攻撃力の高い敵相手に防御力を下げられ続けてしまうのは致命的だ。

それに弱点を破壊すると影竜の攻撃力が上がるため、防御力低下は避けたい。

影竜に目を向けるとノッシノッシと地響きを起こしながらゆっくり外周を歩いていた。

「影竜は移動動作が遅いけど、攻撃動作は速いから気をつけて！　離れすぎると回復し始めるから極力離れないでね！」

私のアドバイス通りに距離を詰めようと思ったリヒト君だったが、なにかに気づいたのか影竜と距離をとったまま足を止めた。

「お姉さん！　今、そんなに離れていないのに回復していませんか？」

「そんなはずは…………ええっ⁉」

確認してみると、影竜の身体《からだ》から淡いグリーンの光が点滅しながら溢れていた。

常時微回復状態だ……なんで⁉

「……回復される前にどんどんダメージを与えるしかないですね！」

そう言うとリヒト君は駆け出した。影竜の長い尻尾目がけ、今度は贄《にえ》の剣で斬り込んだ。

よし、お姉さんも張り切ってアドバイスをしようと顔を上げて――驚いた。

驚きすぎて私の顎《あご》は「んがー！」と下に落ちている。

影竜の長い尻尾がスパーンと切断され、空を舞っていたのだ。

思考を巡らせていたこの一瞬に弱点破壊が済んでいる!?

「グアアアアアアッ！！！」

尻尾を切り落とされた影竜は咆哮し、攻撃力をアップさせた。

まずい。弱点破壊の直後は黒い霧でできた竜巻が戦場にいくつも発生し、追いかけてくる。

これも当たるとごっそりとＨＰを削られるし、ダウン――倒れ込んでしまう場合もある。

ダウンするとのし掛かられ、一気に瀕死《ひんし》にまで陥る可能性がある。

それを今まで通り大声で伝えようと息を吸い込んだのだが……。

「あっ！」

なにを言おうとしたか忘れてしまいそうになるくらい、リヒト君は見事に対応していた。

影竜は私が倒すつもりだったから、リヒト君には回避に徹してもらうための情報しか伝えていなかったのだが、限られた情報を基に先読みしながら回避している。

これはリヒト君がしっかりと戦闘について学んできたからできることだろう。

リヒト君が今まで培ってきたもの、『学習する』ということがこんなにも生きている。

ほら、やっぱりすごいよ！　リヒト君だからこんなに戦えるんだよ！

さっきも私の教えを基に機転を利かせてバウンドオークを倒したし、本当にすごい！

竜巻攻撃を無傷で乗り切ったリヒト君は、集中的に影竜の脚に魔法を撃ち込み始めた。

ＨＰを削るには贄の剣での攻撃が効果的だと確信したようで、積極的に斬り込んでいくことも同時進行で行っている。

その際も私が事前に伝えてあった影竜の行動アクション——頭を低くしたら突進、頭を振り上げたら噛みつき、四回連続で斬り込んだらなぎ払いのカウンターを受けることなどをしっかり念頭に置いた戦いをしている。

「……もう、大丈夫みたいね」

私は無駄に口を挟むことをやめた。リヒト君はボロボロになりながらも自分で考え、自分で動いて立派に戦っている。リヒト君を信じて大人しく見守ろう。

「リヒト様！　がんばれ～！！！！」

「すごいです！　さすがです～！！！！」

「精霊様ファイト～！！！」

「⁉」

たくさんの声が聞こえて振り向くと、いつの間にかギャラリーが増えていた。

どうやら村人たちが駆けつけてきたようだ。一番前で拳《こぶし》を振り上げて応援しているのは、松明《たいまつ》を渡した小人族の二人だ。

じーっと見ているとさつまいもカラーの彼が飛び上がった。

「すみません！　崖底《がけぞこ》が騒がしいことに気づきまして……。普段通りにしていろと言われていましたが、精霊様たちが我らのために危ない目にあっているのでは⁉　と思ったら、いても立ってもいられず……！　微力ながら加勢できればと思っておりましたが、私どもではお力になれることはなさそうです」

村人たちの手には箒《ほうき》やツルハシなどが握られている。さすがにそれではダメージを与えることは無理かな。でも、私たちを助けようとしてくれたその気持ちはすごく嬉《うれ》しい。

「戦力にはなれませんが、その分精いっぱい応援させていただきます！」

「リヒト様！」

「「がんばって〜！！！！」」

村人たちが運動会の保護者のようになっている。

「あのね、ええっと……できれば静かに……」

集中できるように静かにしてあげてほしいのだが、邪魔だとは言えない雰囲気だ。

でも、リヒト君をよく見ると、少し動きがよくなった気がする。

応援してもらって元気がでたのかも知れない。

「あ！」

とうとう影竜の脚が凍り、動きが止まった。

「今だ！」

そう叫んだのは誰だったか。言葉が終わる前にリヒト君は行動に移っていた。

物理攻撃で畳みかけ、どんどん影竜の体力を削っていく。

「行け行け〜！」

「一気にやってしまえ〜！」

私も村人たちと同じように声を上げて応援だ。リヒト君がんばれ！

影竜の脚が凍っていたのは僅《わず》か十秒程度だったが、弱点破壊はできたようで影竜の身体がガクッと下がった。動きも一気に鈍《にぶ》る。残る弱点部位は頭だけ。あと一歩だ！

動きが遅くなったので「もう大丈夫」と思っていると痛い目を見る。影に潜り、突如近くに現れるという瞬間移動に近い移動方法を取り始めるのだ。

出現する直前、地面に影が浮かび上がるから察知はできるのだが、なにせ暗いので分かりづらい。でも出現ポイントは伝えてあるし、精霊の松明はそのポイントがよく見える位置にある。

影を見て出て来ようとしているところを攻撃すると、モグラ叩《たた》きのような展開が暫《しばら》く続くはずだ。

油断しなければ攻撃を食らわないはず、と思っていたところにリヒト君が大ダメージを受けた。

「そんなっ、どうして……あっ！」

今影竜が出てきたのは松明を減らしたため、他よりも暗い場所だった。

「お連れ様、あの場所が暗いためリヒト様は怪我《けが》をなさったのでは⁉　私たちに松明をくださったから……！」

「我々のせいでお怪我を……！」

「大丈夫よ。大丈夫」

小人族の二人に対してというより、自分を落ち着かせるために言った。

一度食らったら同じ失敗はもうないだろう。

冷静に回復したリヒト君は暗いポイントを避けながら、影からでてくる瞬間の影竜を叩き、順調にＨＰを減らした。

影竜が影での移動をやめた。黒い霧に覆われた身体がゆっくりと上昇していく。

見上げる位置で、影竜の身体から真っ黒なヘドロのようなものがボトリと垂れ始めた。

この状態までできたらあと一歩だ。

全てのヘドロが落ち、最終形態である骨の状態になるまで影竜は動かない。今のうちに――！

「リヒト君！」

呼びかけると、ちらりとこちらを見たリヒト君は微笑《ほほえ》んだ。

リヒト君は両手で握った贄の剣を天高く掲げた。

その瞬間、暗い谷底にいくつもの光が生まれた。

光は剣のように鋭く尖《とが》ると、シュンと空を切りながら影竜の身体へと突き刺さっていく。

これはレベル50で覚える物理と魔法、両方の攻撃を持ち合わせている光属性のスキルだ。

リヒト君は無事レベル50に達していたようだ。

これを使えると一気に片をつけることができる。光の剣はすさまじい勢いでリヒト君のＨＰとＭＰの両方を消費しながら、次々と現れては影竜のもとへ――。

万能完全回復薬がここで役に立つ。急激に減るリヒト君のＨＰとＭＰを回復させてくれるのだ。

そして再び光の剣として消費され、また万能完全回復薬で回復――を二回繰り返したところで影竜の身体は終《つい》に骨だけになった。そして――。

骨はパラパラと崩れ、光の粒となって消えていった。

私たちとリヒト君を隔てていた見えない壁も、細かな光となって消えていく。

「勝った……」

私の呟《つぶや》きが崖底に響いた。

リヒト君がこちらを振り向き、ピースサインをしながらにこっと微笑んだ。

その瞬間、周囲から歓声が上がった。

「わあああああああ！！！」

「一人で竜を倒した！　すごい！」

やった……倒したんだ……長かった……。この夜が永遠に続くんじゃないかと思える程長かった。

私はなにも言えず、周囲の歓声を聞きながらボーッと前を見ていた。

「素晴らしかったです！　リヒト様！」

「奇跡を目撃させていただきました！」

賞賛されながら歩いて来るリヒト君は疲労の色を滲ませながらも本当に嬉しそうだ。その顔を見ていると、本当にやりきったのだと実感してきた。ああ、よかった……本当に………。

「えへへ。僕、影竜を倒しちゃいま………」

リヒト君がぴたりと立ち止まったのは分かったが、どんな表情をしているかは見えない。

私の視界は水没してしまっているからだ。

「お、お姉さん……僕………」

リヒト君がオロオロしているのが分かるが、ごめんね。お姉さんは今、色々と無理です。

「よかった……よかったよおおおお‼　うわあああああん‼」

安心したらぶわっと涙が込み上げてきた。

子どもみたいな泣き方をして恥ずかしいけれど止まらないし、立ってもいられない。

地面にへたり込んでしまった。

「そんなにボロボロになって！　もう……ほんとに、ほんとに心配っ、したんだからっ！」

号泣している私をリヒト君は棒立ちになって見ている。

嬉しそうにしていたのがすっかり消えてしまった。周りも静かになっている。

「お、お姉さん……。うっ……！」

私の方へと一歩前に出たリヒト君の身体がふらりと揺れた。

「リヒト君！」

前に倒れるリヒト君を慌てて受け止めた。白銀の装備は傷だらけで黒ずんでいた。

「お姉さん」

間近で見るとリヒト君の顔色は真っ青だった。声も弱々しくなり、身体も少し震えている。

一度落ち着いてしまったから疲れが一気に出てきたのだろうか。

「……大丈夫？」

声をかけると、リヒト君は私の手を握った。……手も冷たい。

リヒト君は暫《しばら》く俯《うつむ》いていたが、ぽつりぽつりと話し始めて……。

「僕、本当は怖かったんです。眠いし疲れていたけど、休んじゃうと……止まっちゃうと、もう動けないような気がして……。だからなにも考えずに夢中だったけど……」

顔を上げたリヒト君の目には涙がいっぱい溜《た》まっている。

「やっぱり怖かったです……。途中で、死んじゃったらお姉さんともう旅もできないし、話すこともできない……それどころか、怒ることもなにか考えることもできなくなるって、僕はどこにもいなくなるんだって、ちゃんと分かって……。いつかお姉さんにも忘れられちゃうんだって思ったらすごく怖かったっ！　お姉さんっ！」

うわあああん！　と子どもらしく泣き出したリヒト君をぎゅっと抱きしめた。

「お姉さんだって怖かったわよ！　リヒト君がいなくなっちゃったら、どうしようって！　もうこんな思いは二度としたくないわ！　……でも、私もリヒト君の気持ちをきちんと分かっていなかった。ごめんね」

「僕の方こそ、お姉さんを悲しませるつもりじゃなかったんです。心配をかけて……ごめんなさい」

抱きしめる腕に力が入る。私たちはお互いに反省しなければいけない。

これからは話し合って、分かり合って、支え合っていくのだ。

「お姉さんも反省するから！　リヒト君も反省だよ！」

がんばったねって褒めてあげたいけど、それはあと！

「はいいいいっ」

私たちはしばらく抱き合ったまま大号泣してしまったのだった。

「なにがどうなっているのだ……」

光の大神官フィリベルトの命を受け、勇者となる少年と接触を図ろうとしていたゲルルフは暗い崖の底で信じられないものを見た。

次々と現れる魔物を一人の少年が倒し続けている光景は現実のものとは思えなかった。

――勇者。もう疑う余地はないだろう。この少年が光の勇者となる者だ。

少年は漆黒の竜のような未知の魔物まで倒してしまった。あれは魔王級に近い魔物だった。

大精霊の武器を手にしていないというのに、この力――。

勇者の中でも特別な存在になるかもしれない。そして少年の保護者とされるエルフの女。

彼女の存在も非常に気になる。調べたところ、少年は彼女に保護されるまではどこにでもいる子どもだったようだ。それが彼女と行動するようになった途端に力を手に入れ、容姿まで勇者に相応《ふさわ》しいものに変わったという。

一人でもフォレストコングを討伐するという実力。そして彼女が与えたという少年の装備。

戦う少年へ伝えていた情報も驚かされるものばかりだった。彼女が少年の才能を開花させたことは間違いなさそうだ。

「……はあ」

今目の前で起こったことをどうまとめて報告すればいいのか、考えると頭痛がする。

大声で子どものように泣きながら抱き合っている二人を見やり、ゲルルフは深い溜息《ためいき》をついた。

「光の大精霊の武器を手にする者。光の勇者……」

今も闇の精霊に慕われている、かつては勇者の資格を持っていた者が目の前で呟く。

近年神殿を出て冒険者になったと聞いていたが、こんなところで居合わせるとは……。

様子を窺《うかが》うため、少し間をあけて隣に並んだ。

彼は視線の先にいる少年を、羨望《せんぼう》と嫉妬《しっと》の目で見つめていた。

「どうして俺はなれなかったのだろう。俺になかったものはなんだろう」

そう誰にともなく言い残し、去っていく背中を見送った。

……この男のことも報告するべきだろうか。


フィリベルトとゲルルフのみが使用できるように設定してある特殊な通信アイテムを起動し、鏡の前へ置く。すると鏡の中にフィリベルトの執務室が映し出された。

フィリベルトは接客用に置かれている高級なソファで肘掛《ひじか》けを枕にして眠っていた。

胸の上には読んでいた書類が散らばっており、頭とは反対側の肘掛けには、靴を履いたままの足がのっている。

ゲルルフには見慣れた光景だが、清廉な姿ばかり見ている他の教徒が目にすると、偽者だと思うかもしれない。机を見ると書類が山のように積まれていた。

ゲルルフがいるとフィリベルトのサインが必要なもの以外は他で捌《さば》くのだが、今は全てフィリベルトのみで抱えているようだ。連日徹夜で仕事をしていたのだろう。

報告は時間を改めようと思ったとき、フィリベルトの胸の上にあった書類がはらりと落ちた。目を向けるとフィリベルトが気怠《けだる》そうに身体《からだ》を起こしているところだった。

「起こしてしまいましたか」

「いや、そろそろ起きようと思っていたところだ。……で、そちらの首尾はどうだ」

「報告しなければならないことが渋滞していますね」

「ははっ、それは愉快だな」

言葉とは裏腹に表情は全く楽しそうではない。フィリベルトは頭をガシガシと掻《か》くとソファに足を組んで座り直した。報告を聞くらしい。だが、あまり時間をかけない方がいいだろう。

「大方事前調査通りです。妹君、カトレア様が冷遇した少年の方が勇者になる者でしょう」

「ははは」

最重要案件を簡潔に伝えるとフィリベルトは乾いた笑みを浮かべた。……かなり疲れているようだ。

「……はあ」と、天を仰ぎ大きく溜息をつくとこちらを見た。

「その少年は我々の話を聞いてくれそうか?」

「残念ながらまだ接触できていません」

「そうか……」

「少年の名はリヒトでした。大精霊と同じ名を持つ者をどうして冷遇したのか……」

「……リ……ヒト？」

「ええ。今は銀髪に金色の瞳《ひとみ》になっていましたが、元は事前に聞いていた通り黒髪黒目だったそうです。そういえば、彼の情報を集めているときに手に入れたのですが、この服は彼の持ち物のようです。おそらく異世界の衣服でしょう」

不思議な手触りの服はカトレアたちが売り払ったようで、高額な値をつけられ売られていた。

「その服は……よく見せてくれ！」

フィリベルトはソファから転げ落ちる勢いでこちらの景色を映している装置に近寄った。

「そうだ！　名前は!?　それがあの子のものならタグに名前が書いてあるはずだ！」

「名前？　少年の名前はリヒトでは……」

「名字だ！」

「？」

「ああもう！　服を広げてよく見えるようにしてくれ！」

言われるがまま広げると、小さな布地の部分に文字らしきものを見つけた。

『天崎理人』

異世界の文字なのだろう。ゲルルフには理解することができなかった。

「これですか？」

「！！！！」

文字を見せた瞬間、フィリベルトは目を見開いた。その瞳は動揺して大きく揺れている。

ゲルルフはフィリベルトとは長い付き合いだが、このような表情を見たことはなかった。

「……はは……ははは」

「フィリベルト様？」

「そうか……そうか……こんなところにいたのか。いくら捜しても見つからないはずだ」

「………？」

フィリベルトは両手で顔を覆い、しゃがみ込んでしまった。

「ゲルルフ。そっちに行く。代わってくれ」

「……なにを仰っているのですか」

顔を覆ったまま、とんでもないことを言い出した。書類の山ができるほどフィリベルトは忙しい。ゲルルフにも処理できる内容ばかりではあるが、フィリベルトでなければ対応できない至急の案件も多くある。フィリベルトの希望通りに代わってしまうと大きな支障が出るのだが……。

「頼む」

「そんなことは……」

「無理だ」と言いかけた言葉を呑み込んでしまうほど、フィリベルトは真剣な目をしていた。

「……理由を聞かせてください」

「言えない」

即答だった。話す気は全くないということだろう。それならば無理だと一蹴《いっしゅう》……できればいいのだが、ゲルルフにはできなかった。普段は人のために尽くし、個人的なことは極力控えるフィリベルトがこれだけ引かないのだ。余程の事情があるのだろう。

「フィリベルト様もこちらに来られるように手配をしておきますが、せめてその山をなくしてからにしてください」

「……分かった。すぐに済ませる」

四章　束の間の休息から悪夢へ

倒れてしまったリヒト君をつれて借りていた空き家に戻ってきた。

ベッドにリヒト君をそっと降ろしたところで私も急激な睡魔に襲われ、そのまま眠ってしまったのだが……。

「……天使か」

瞼《まぶた》を開けると、暗い中でも輝く銀髪とかわいらしく整った顔がドーンと目に飛び込んできたので「ここは天国か？」と思ってしまった。

重い装備は外してあげたけど、まだ替えられていないから服はボロボロだし、綺麗《きれい》な髪も所々切れたり焼けたりしているのだが、リヒト君の美しさは変わらない。

むしろ天界戦争から地上に逃れてきた天使様という妄想が無限に広がる！　……なんて馬鹿なことを今日も考えることができてよかった。

「本当にがんばったね」

ごろんと横になったまま、リヒト君の頭をいい子いい子と撫《な》でる。至福の時間だ。

「ゆっくり休んでね」

リヒト君の寝顔なら永遠に見ていられるけど、私はリヒト君に元気になってもらえるように食料の調達をすることにした。

いや、もうちょっとなでなでして癒やされたい……なでなでなで。

「お連れ様！」

外に出ると小人族の村人が駆け寄ってきた。かぼちゃカラーの方で今は一人だ。

「リヒト様は目を覚まされましたか⁉」

私たちが休んだあと、村人たちは交代しながらずっと待っていてくれたそうなのだが、あれから丸一日経っているらしい。私もぐっすり眠ってしまったようだ。

「お食事のご用意をいたしましょうか⁉　ね！　ね！」

張り切った様子でぐいぐい来る。

そういえばリヒト君のお世話をしたい！　と興奮しながら言っていたっけ。

「リヒト君はまだ寝ているわ。ご飯は私が用意するから大丈夫よ。お魚を食べたいって言っていたから、今から調達しに行ってくるわ」

「この辺りに水辺はありませんが？」

「分かってる。でも釣れるようになっているはずなの」

「？」

「そうだ。この辺りは食料も乏しいでしょう？　あまり量は獲れないけど、長期的に魚が獲れるはずだから場所を教えてあげる。あなたもおいでよ」

「よいのですか⁉　是非ともご一緒させてください！」

ぴょんぴょんと飛び跳ねて喜びを表現する姿はとてもかわいい。

おもちゃみたいだなー。さつまいもカラーの村人とセットで購入したい。

「じゃあ、行きましょうか」

「はい！」

「ごめん、早く行きたいから抱っこするね！」

「へ？　え、ふえええええぇぇぇぇ！！？」

抱き上げると、足場を探して飛び移りながら谷底の斜面を降りた。リヒト君を追いかけたときに感覚を掴《つか》めたからもう余裕！　躓《つまず》いたり落ちたりしない。

「そういえばあなた、名前はなんて言うの？」

「今ああ、聞かないでくださあああい！　怖いよおおお！」

ジェットコースターは苦手なタイプなのだろうか。かぼちゃカラーの小人族は私にしがみついてひえぇひえぇぇぇぇと叫んでいる。

怖がらせて申し訳ない…………やめないけどね！

「はい！　到着！　早かったでしょう？」

「うぷっ。……早かったですが、天からのお迎えも早くなるかと思いましたあ」

崖底《がけぞこ》に到着すると深く被っていたチューリップハットが落ちそうになっていた。

あら、つぶらな瞳がかわいい。年齢性別不詳だったが若い女の子のようだ。

「……で、お名前は？」

「ピリカです。あれ？　ここですか？」

名前までかわいかったピリカが辺りを見回して首を傾《かし》げている。それはそうだろう。ここは昨日リヒト君ががんばった戦地だ。川もなければ水もない。

「どこに魚が……あ。あれはなんですか⁉」

ピリカが気づき、指差した先にあったもの。

それは空間がビリビリと破れてしまったような見た目の時空の裂け目。横一メートル、縦三メートル程の大きさで空中にある。裂けた向こう側には真っ黒な闇が広がっている。

「あれが釣り場よ」

「なんと！」

ゲームでは釣りができるのだが、あの時空の裂け目はレアな釣り場だ。

精霊だけが入ることのできる精霊界の水場と繋《つな》がっていて、精霊界の魚が釣れるのだ。

影竜戦が終わるとこの釣り場ができていたことを思い出したので見にきたのだが、やっぱりあった。これでリヒト君にお魚を食べさせてあげられる！

そして落ち着いたら約束していた通り、一緒に釣りに来よう。

「よし、釣りましょう！　じゃーん！」

取りだしたのは私がスキルで作った竿《さお》だ。竿は武器として作ることができる。所謂《いわゆる》ネタ武器だ。

もちろん、ルアーも一緒に作っている。これで準備はＯＫ。

「さあ、やりましょう！　大物を釣るぞ！」

通ったあとには魚は残らねえ！　無慈悲の鬼釣り師と言われた私の釣りざまを刮目《かつもく》して見よ！

「うりゃあ！」

気合の雄叫びを上げてキャスティング。ルアーは裂け目の中に入っていった。

「上手い！」

「えへへ。ありがとう！　…………ん⁉」

すぐにアタリの感触がした。ヒット！　リールを巻き取り、グイッと裂け目から引っ張りだした。

「こ、これは‼　一生に一度食べられれば幸せ！　と言われる幻のお魚！　闇魚《あんぎょ》！」

「そうよ、よく知ってるね！」

「はい！　一度この魚の話を耳にしてから食べてみたかったので、度々本の絵を眺めては食べた気分を味わっておりましたあ」

切なくも若干気持ちの悪いエピソードをありがとう！

これは闇魚という精霊界の魚で、黒い靄《もや》をまとったチョウチンアンコウのような姿をしている。稀《まれ》に精霊界から紛れ込んできたのが漁獲されるが、珍しい上においしいのでかなり高額で扱われる。

「ここで釣れるのは闇魚ばかりだから。いっぱい釣れたら高級魚食べ放題よ！」

「おおおおおお！！！！」

ピリカが両手を握りしめ、金色のオーラでも出しそうな感じで雄叫びを上げた。

あれ、今まで常にあったかわいさがどこかへ行ったぞ？

「釣り道具セット、一つあなたにあげるわ。さっそく釣ってみたら？」

「ありがとうございます！　それではさっそく！　うおりゃあああああ！！！」

「おおぉ………………」

前世で見た滋賀のバス釣り名人の神キャストを彷彿《ほうふつ》とさせる力強くて正確な一投！

光のルアーは裂け目へと勢いよく飛び込んでいった。

「きた！　せいっ！」

ピリカが小さな身体《からだ》で懸命にリールを巻く。竿のしなりがすごい……これは大物だ！

暫《しばら》くピリカと闇魚の格闘は続いたが、ついに闇魚は敗北。その姿を我々に晒《さら》した。

「で、でででっかあああああっ！」

ピリカが釣り上げた闇魚は私が釣った物の倍以上の大きさで、ピリカよりも大きかった。

「負けた……ピリカ……あなた、すごかったのね……」

「私の中のなにかが開花しました」

「そのようね……」

達成感でイイ顔をしているピリカが眩《まぶ》しい。

「私もがんばらなきゃ！」

そこからは二人でひたすら闇魚釣りに没頭した。

気づけばかなり時間が経っていて、釣れた闇魚の数も膨大になっていた。

「大漁です！」

「リヒト君にお腹いっぱい食べさせてあげられる！」

「もう死ぬまで見たくない！　ってくらい食べられますね！」

それってどうなの……トラウマ作ってどうするの。何事も程々が大事だ。

「……村の皆にも配ろうね」

「はい！」

あまりにも数が多いため、あとから誰かに手伝ってもらって運ぶことにして村に帰った。

村に着くとすぐに運び手の手配をすると言ってピリカは去っていった。

私は自分が調理する分の闇魚だけ持ち、借り家に戻った。

リヒト君はまだ眠っているのか、家の中はシーンとしていた。

「ただいまー……………ええ⁉」

一目リヒト君の様子を見ておこうと部屋の扉を開けた瞬間、私は闇魚を落としてしまった。

まだ活きがいい闇魚が床の上でピチピチと跳ねた。

「どうされました⁉」

呼び掛けられて振り向いて見るとピリカが戻ってきたのかと思ったが、さつまいもカラーの別人だった。

ピリカから名前は聞いている。男の子でポルカというらしい。

「リヒト君が‼　いないの！！！」

家をでる前にはベッドの上にあったリヒト君の姿がない！　起きたのだろうか。

「リヒト君！　リヒトく――ん‼」

呼び掛けながら家中捜すが……いない！

呆然《ぼうぜん》としていると、いつの間にかいなくなっていたポルカが戻ってきた。

近所に話を聞きに行ってくれていたらしい。

「リヒト様は目を覚まされまして、ギルドマスターと出かけたそうです」

「代理と⁉　なんですって！　誘拐！」

「ゆ、誘拐～～～⁉」

私の許可なくリヒト君を連れ出すなんて、誰だろうと誘拐だ！

ギルドマスターだろうがなんだろうがぶっ飛ばす！

そう意気込んでいるとポルカの背後の玄関の扉が開いた。

「あ、お姉さん！　帰ってきたんですね！　おかえりなさ……」

「リヒトくうううううんっ！！！」

よかった、リヒト君いたっ！　また危ない目にあっていないかと心配でお姉さんは泣きそうだったよ！　っていうか既にちょっと泣いちゃったよ！

「大丈夫⁉　変なことされてない⁉」

「おい、変なことってなんだ」

リヒト君の後ろから誘拐犯が現れた。

「なんでいるのよ！　さてはリヒト君を誘拐しにきたのね⁉」

「そんなわけないだろ。お前らが受けたクエストについて確認しにきただけだ！」

「もう、リヒト君！　学校でも不審者についていったら駄目って言われているでしょう！『いかのおすし』よ！　習わなかった⁉　いかない、のらない、おおきなこえをだす、すぐにげる、しらせる！」

「ご、ごめんなさい……」

「守ろう！　いかのおすし！」

「ま、守ります！　いかのおすし！」

大事なことなので復唱します。

「いかのおすし！」

「いかのおすし！」

「なんだそれは……。新手の宗教か？」

リヒト君が分かってくれたようなので私もようやく落ち着けた。はあ、もう……心臓に悪い。

「あの……お姉さん、勝手なことをしてすみませんでした！」

安堵《あんど》の息をついていると、リヒト君が申し訳なさそうに話してきた。

そういえば影竜のイベント直後には泣きながら話したが、まだこの件についてゆっくり話はできていなかった。

「分かってくれたらいいのよ。お姉さんもリヒト君の気持ちを考えられていなかったし、一緒に反省しようねって言ったでしょう？　これからは話し合って、お互いに納得しながら決めていこうね」

「はい。もうお姉さんに黙って危ないことはしません！　それで、ですね……その……これを受け取ってください！」

そう言ってリヒト君が差し出したのは五種類の素朴な花でできた五色の花束だった。花束、というには小さくて数も少ないけれど。

おそらくリヒト君が村周辺に咲いていた花を摘んで集めたのだろう。

豪華な物ではないけれど……気持ちがこもっているのが分かるプレゼントですごく嬉《うれ》しい。すぐに受け取ろうと手を伸ばした。

「わあああ！　おめでとうございます！」

「ありが……ん？　おめでとう？」

嬉しくてにこにこしていると、ポルカが拍手をして祝ってくれたのだが……おめでとう？

私とリヒト君の頭の上には「？」が浮かんでいる。なにかめでたいことがあったの？

「なんだ、お前の反応が見たかったのに、お前も意味を知らないのかよ」

ファインツが私を見て残念そうに溜息《ためいき》をついた。意味？

「もしかして……この花束って『これからもよろしくお願いします』って意味じゃないんですか？」

リヒト君が渡しかけた花束を引っ込め、慌てた様子でファインツに詰め寄った。

「精霊六属性にあやかった六色だと、人生を共にしたいっていう『これからもよろしく』、つまりプロポーズだな。一色足りない五色は、いつか六色にするぞっていう意思表示。『あなたのそばにいたいです』っていう告白だ。な？　大体合っているだろう？」

プロポーズ！　告白！　そんなロマンチックな風習があったのか！

素敵だなあ！　と目を輝かせる私の正面で、リヒト君の顔は一瞬で真っ赤になった。

「なっ……！　全然違います！　さっきはそんなこと言ってなかったじゃないですか！」

「これからも一緒にいたいんだろ？　そう言ってたじゃないか」

「そ、そうですけど、それは仲間としてってことで！」

「じゃあ、花束は俺に譲ってくれ。俺がもう一本足してマリアベルに渡すからさ」

ファインツからなら受け取りませんよ？

「僕が渡すんですっ！」

事前に断る準備をしていたのだが、奪い取ろうとしてきたファインツの手から花束を死守したリヒト君がこちらを向いて姿勢を正した。私もつられてシャキッと背を伸ばす。

「あの、今は仲間として！　これからも、よろしくお願いします」

顔が赤いままのリヒト君が私の方へ花束をスッと差し出した。こんなに真っ赤になるくらい恥ずかしいのに、がんばって気持ちを伝えてくれることがとても嬉しい。かわいい！　尊い！　天使！

「はい！　こちらこそよろしくね」

私は花束を満面の笑みで受け取った。幸せすぎ……お姉さん泣けてきちゃった！

「うー」

「ふえ」

変な泣き声が聞こえてきたと思ったら、ポルカといつの間にかまたやって来ていたピリカが手で涙を拭《ぬぐ》っていた。

「どうしてあなたたちが泣いてるの！」

「いい話ですう」

「感極まりましたあ」

感受性高過ぎでは？　私の涙が引っ込んじゃったじゃない、と抗議しようとしたそのとき――。

――ズドオオオオオオオオオオオオン！

「はわわ！」

「あわわ！」

和やかな空気を一変させる地響きがした。なにごと⁉　ポルカとピリカは怯《おび》えて抱き合っている。

「地震、ではないですよね？」

「随分大きな爆発音だったな」

「ええ」

自然にこのような爆発音がすることはないだろう。この村で使われている道具で事故が起こっても、ここまで大きな音はしないはずだ。

「一体なんなの？」

戸惑う私たちのもとに、慌てた様子の村人がやってきた。

「大変です！　崖《がけ》の中の道が爆破されたみたいです！　崩れた岩で道が塞《ふさ》がって……これじゃ村から出られませんっ！」

私たちは爆発音がした崖の通路へと駆けつけた。

入り口ではなく通路の途中が崩れ、道が塞がっていた。やはり自然に起こったことではない。

「お姉さん、ここが塞がってしまったら……」

「ええ……」

私とリヒト君は顔を見合わせた。

「僕たちが通ってきた方を通ればいいですよね？」

「そうね！」

「え⁉　違う道があるのですか⁉」

「我らはこの道しか知らないのですが……」

「それがね、あるの。狭いけど今までより近道よ」

「「なんと！」」

「住んでいる奴らが知らない道をどうしてお前らが知って……」

「さすがリヒト様！」

「大精霊様にはなにもかもお見通しですね！」

「え……えっと、そうね！」

ファインツが疑問を言い切る前に、ピリカとポルカが騒いで掻《か》き消してくれた。グッジョブ！

「ねえ。こんなことをした犯人、まだ近くにいるんじゃない？　捕まえに行きましょうよ！」

まだなにか言いたそうなファインツを無視し、リヒト君の手を引いて歩き出した。村にやってきたときにアイテムは全て回収してあるため、なにもない隠し通路を進む。

村とは反対側の出入り口が見えてくると、ピリカとポルカは走って行った。

「本当に出られました！　……わああ⁉」

ピリカの悲鳴のような声が聞こえた。

「なに⁉　どうしたの⁉」

慌てて駆けつけると、爆破犯と思われる十人程度のガラの悪そうな集団に捕まっているピリカの姿があった。

「お前！　どこから出てきた！」

男の一人が私に向かって叫ぶ。なに、私がドルソから出てきたら都合が悪いの？

「まあいい。こいつに怪我《けが》をさせたくなかったら、大人しくしてい――」

セリフを言い終わる前にピリカを捕まえている男を気絶させ、ピリカを救出する。

「なんっ――」

男たちが慌ててザワザワし始めたが、動き出す前に全員気絶させてやった。冒険者のように見えるが、全員リヒト君の足元にも及ばない雑魚だった。

「お前、台詞《せりふ》くらい最後まで言わせてやれよ……」

後ろをついて来ていたファインツが呆《あき》れつつも、気絶した連中を縛っていく。爆破犯を確保できてよかったでしょう？

気絶している男の一人を叩《たた》き起こして聞き出した話によると、ダグに金で雇われたらしい。

だが、金の出所はカトレアのようだ。

私たちを村から出られないようにすることが目的だったそうだ。

爆破だけならこんなに人数はいらないが、既に村を出ていた場合の足止め要員ということらしい。

「カトレアさんはどうして僕たちの足止めをしたいんですかね？　僕たちに行かれると不都合なところがあるのでしょうか」

「私たちが行くとはっきり分かっている場所というと……」

「あ、ダンジョンですね！」

そう、ダンジョンだ。カトレアは私たちをダンジョンに行かせたくないのだろう。

だとしたら理由も想像がつく。

「たぶんカトレアは、シンシアからリヒト君が本物の勇者である可能性を聞いたんじゃないかしら。だから焦ってリヒト君よりも先に、大精霊の武器を手に入れようとしているのかもね」

先に行ったところで勇者になるべき者でなければ、大精霊の武器を手に入れることなんてできないのに……馬鹿だなあ。

「お姉さん、僕たちもすぐにダンジョンへ行きましょう！　僕、がんばります！」

リヒト君の体調が心配だったが、そうも言っていられなくなった。

張り切っている様子を見ると大丈夫そうだし、私もそろそろケリをつけたい。

「リヒト君、一緒にダンジョン攻略しちゃいましょうか！　二人で一緒に！」

今度は私が守るだけではなく、リヒト君が一人でがんばるのではなく――二人で。

心も身体《からだ》も成長した今のリヒト君なら、大精霊の試練にもきっと応えられるはずだ。

「はい！　僕たちは仲間だから一緒に、ですね！」

二人で笑い合ったあと、「よし！」と気合を入れた。ようやくカトレアに面と向かって「ざまあみろ！」と言えるときがきた。ルイにはリヒト君が決着をつけるだろう。

「リヒト君、いよいよだよ。リヒト君の成長ぶりをルイとカトレアに見せつけてぎゃふんと言わせてやろう！」

「はいっ！」

◆

「……さて、着いたわけだけど！」

私とリヒト君はダンジョンに到着した。多少疲れるが走ってきた。

割と本気で走ったのだが、リヒト君はがんばってついて来てくれた。

こちらの世界にきたばかりの頃はすぐにバテて苦しそうだったのに、成長がすごい！

走るスピードはまだまだ負けないけれど、スタミナは追いつかれてきたかも。

「あ、お姉さん。誰かいますよ。……こちらに来ますね」

六聖神星教の神官服を着た男が二人立っていた。

一人は目が痛くなるほどキラキラした美青年で、もう一人は体格のいい男だった。

こちらはドルソでも見かけた気がする。

「すみません。どうか、話をさせていただけないでしょうか」

美青年の方が声をかけてきた。

特別な造りの神官服に長い金髪、神秘的な青い瞳《ひとみ》が印象的で只者《ただもの》ではない感がすごい。

あまり関わりたくない類いの人たちに違いない。

「誰？」

「私は光の大神官、フィリベルトと申します。こちらは私の補佐をしている神武官のゲルルフです。どうぞ、お見知りおきを」

六聖神星教の偉い人、というのは察していたが、まさかの大神官！　神殿のトップじゃない！

そんな人がどうしてここに？

というか、この人、リヒト君のこと見すぎじゃない？

「ああ……本当に理人だ……」

「大神官様？」

なにかぶつぶつ言いながら俯《うつむ》いた大神官様の顔を覗《のぞ》き込むと……。

「えええぇ……？」

大神官様は泣いていた。ぽろぽろと涙を零《こぼ》す……という程度ではなく、目を閉じているのに涙が滝のように溢《あふ》れ出ている。私もリヒト君もびっくりだ。

隣の神武官まで引いているように見えるのですが？

「あの、大神官様？　大丈夫ですか？」

「なにがですか？」

「なにがって……目が壊れた蛇口状態ですが……」

「気のせいですよ」

「気のせい……ですかね」

気のせいではないことはたしかだが、ツッコまないことにした。触らぬ神に祟《たた》りなし！

大神官は袖《そで》で涙を拭うと、目も鼻も赤いのに何事もなかったかのように話し始めた。

「度重なる六聖神星教の者の非礼、申し訳ありません。私から謝罪させてください」

「六聖神星教の者って……カトレアのこと？」

「そうです。カトレアは六聖神星教の一人で、私の妹です」

この人の妹⁉　全然似てないですけど⁉　リヒト君もびっくりしている。

「カトレアは数多くいる神官の中の一人でしかないのですが、私的な立場を利用し、勇者を引き入れた功績を自らのものにしようと勝手な行動を取りました。一神官の行動を制御できなかったのは我々の責任です。ですが、理人……勇者様に対する不遇は彼女の個人的な思想によるもので、我らの真意ではないことをご理解ください」

六聖神星教の一神官の勝手な暴走、というわけか。

カトレアの身分が高いことは感じていたが、勇者を迎えにくる役に適した人物なのかどうかは疑問に思っていた。だから話を聞いて納得した。

リヒト君はカトレアのことを「よく分からないが偉い人」だと思っていたので、六聖神星教では普通の神官だったということにとても驚いている。

「リヒト君、この人はカトレアのしたことを謝りたいって」

「どうしてですか？　この人たちはなにも悪くないんじゃ……」

「ほら、リヒト君のクラスメイトがお店のものを盗《と》ったりしたら、その子のお父さんやお母さんや学校なんかも謝るでしょう？」

「そうですけど、でもお父さんたちが謝るよりも先に、まずは盗った子がごめんなさいをしないとだめですよね？　僕は自分で見返すつもりだから、謝って欲しいとは思わないけど……。カトレアさんたちがなにも言っていないのに、知らない人に謝ってもらうのは違うと思います」

たしかに……！　リヒト君の言う通りだ。なんてしっかりした子なの！

ほら、大神官様がまた泣いている！　いや、泣きすぎだけど……。

「分かりました。謝罪はまず本人からさせていただきます」

話は終わったので、「では、さようなら」と離れようと思ったのだが、大神官様に腕を掴《つか》まれた。

「もうご存じだとは思いますが、カトレアはあなた方を妨害するため、金で大量に人を雇いました」

私は笑顔で腕を解きながら答える。

大神官様、儚《はかな》い感じなのに案外力が強いですね！

「大精霊の武器を先に手に入れたいからでしょう？　でも、カトレアといるルイが勇者である可能性はないと思うの。いつ行っても手に入れられないのだから、私たちを妨害しても意味ないわよね？」

「ええ。ですが彼女たちはまだそれが分かっていないのです。あの少年が勇者である可能性を信じています」

「まあ、カトレアにしてもルイにしても、あの性格だとそうでしょうね。でも、あっちが焦って足止めしてきたからって私たちには関係ないわ。放っておくわね」

「それが……」

大神官様が顔を曇らせると、ゲルルフが口を挟んできた。

「神官カトレアたちは、ドルソの道を爆破したものと同じアイテムを大量に用意したようです。自分たちが大精霊の武器を得られないのなら、他の者も手に入れられないよう、場所ごと破壊してしまおうと考えているようで……」

「…………」

絶句してしまった。自分のものにならないなら壊しちゃえ！　って、他の子のおもちゃが欲しい子どもの癇癪《かんしゃく》じゃないんだから……。

爆破したところで大精霊の武器が壊れるのかどうか分からないが、本当に失われてしまったらどれだけ大きな損失になるか分からないのだろうか。

「馬鹿なの？」

「ええ。愚かですね。知能などないのでしょう」

大神官様は幸せがごっそりなくなりそうな溜息《ためいき》をついた。

苦労しているのだろう。ご愁傷様です。

「そこでお願いなのですが、我々も一緒に連れて行ってはもらえないでしょうか？　カトレアを説得して、事態を収拾したいのです」

思わず顔を顰《しか》めてしまう。二人を連れて行くとなると遅くなる。

六聖神星教に協力する義理もないし……。

「お姉さん、一緒に連れて行ってあげましょうよ。説得してくれたら、誰も怪我をしなくて済むかもしれないですし」

「リヒトく〜〜〜ん！」

本当にいい子！　カトレアなんてぶっ飛ばすことしか考えていなかった私とは違う！

リヒト君がそう言うなら、私が断るわけにはいかない。

「遅れないでついてきてくださいよ！」

「もちろんです」

「じゃあ、行きましょう！」

待ちきれなくなったのか、リヒト君が駆けだした。気合が入っているなあ。

やる気に満ちている未来の勇者様の背中を追いかけた。

「私もがんばろ！　リヒト君待って〜！」

以前とは比べものにならないほど強くなったリヒト君のダンジョンリベンジ開始である。

「わーお……」

ダンジョンに入ってすぐに目にしたのは、前回は苦労しながら倒していたイビルラットを魔法一発で一掃しているリヒト君だった。

イビルラットは影竜のときも出てきたが、同じ場所でのビフォアアフターはまたひと味違う。本当に立派になって！

「リヒト君、すごい！　かっこいいよ！」

リヒト君の成長ぶりに腕が折れそうなくらい拍手を送る。

照れ顔のリヒト君がぽりぽりと頭を掻《か》いている。

「ああ……素晴らしい……こんなに立派になって……！」

この大神官様、大丈夫？　ずっと泣いているけれど、情緒不安定すぎません？

「えへへ、一緒に攻略しようねって言っていたのにお姉さんの分、残すのを忘れちゃいました」

「ほんとだ！　じゃあ、次の階ではお姉さん負けないぞ！」

「あ、待ってください！」

不意打ちで先に進んだ私をリヒト君が慌てて追いかけてくる。

なんなの……この幸せ空間。まるで波打ち際での鬼ごっこ。

私の脳は、これは「まてよ～」「つかまえてごらんなさ～い」に等しいと処理している。

ダンジョン楽しすぎでは⁉　なんのためにきたのか忘れそうだ。

大精霊の武器をルイに奪われたり壊されたりしては大変だが、そうはならない気がしている。

今まで精霊に好かれている様子を見てきたから「勇者はリヒト君！」という自信があるし、大精霊の武器をカトレアたちごときが傷つけることはできないと思うのだ。

だから今はどうやって追い込んでやろうというワクワクが勝っている。

それに万が一大精霊の武器を手に入れることができなくても生活には困らないし、私にとって勇者はリヒト君だけだ。うん、全く憂いなし！

あっという間に人工的な構造の階層は終わってしまった。

私一人で潜ったときよりも断然早い。そして楽しい！

中層になるとより広くなり、下に降りるまでの道のりも長くなる。とはいえ、内部構造が変化するダンジョンではないので最短ルートを覚えている。私とリヒト君を手こずらせるような魔物もいないため、すぐに中層のボス、フォレストコングのもとに辿《たど》りついた。

「あら、倒されていないのね」

「倒されていない？」

「ダンジョンの魔物はすぐには復活しないの。特にボスは時間がかかる。一日はかかるわ」

「じゃあ今日は誰も……カトレアさんたちもまだ来ていないってことですか？　あ、無視して進んだとか？」

「ううん。倒さないと先に進めないの」

「じゃあ僕たち、どこかで追い抜いちゃったんですかね？　というか、あの偉い人たちも置いてきちゃいましたね」

私たちは最短ルートできたが、カトレアたちは迷っているのかもしれない。

そういえば大神官様たちがいない……振り切ってしまったか。でも追ってきている気配はあるし、そのうち追いついてくるだろう。

「とにかくフォレストコングを倒さないと！」

「そうね」

「お姉さん、僕一人でやってみてもいいですか？」

「え？」

「前はお姉さんに守ってもらっただけなので。自分一人でやってみたいんです！」

前より強くなっていることはたしかだけど、一度戦ったことがある相手だとはっきり成長が実感できるものね。

魔物を見ると身体が硬くなっていた頃とは違い、腕試しをしたいと目を輝かせている様子を見ると、リヒト君の心の成長もよく分かる。

「うん。じゃあ、お願いするね！」

「お姉さんは休憩していてください。ここにどうぞ。……あっ」

白銀シリーズのロングコートを脱ぎ、地面に敷こうとしてくれたが、なにかに気がついたようで動きが止まった。

「お姉さんから借りている装備でした……。真っ白だし、下に敷くと汚れちゃいますね。他になにか敷くもの……！」

「ふふっ、大丈夫だよ、気にしないで行ってきて」

紳士なリヒト君に、お姉さんは今日一番のトキメキを感じました！

「分かりました。じゃあ、倒してきますね！」

上手く気遣えなかったことが少し恥ずかしかったのか、はにかみながら駆けて行ったリヒト君がすごくかわいい。

「ありがとう。がんばってね！」

お姉さんは推しを応援するファンとなり、心のうちわを両手に持って見守ります！

リヒト君は私の戦い方もちゃんと覚えているようで、フォレストコングの行動に合わせた回避もばっちりだし、攻撃力についても問題ない。

というか、私より早く倒しそうでお姉さんはちょっと複雑だ。仲間兼保護者の立場が……！

そしてなにより素晴らしいのがリヒト君が時折こちらを見てにこりと微笑《ほほえ》んでくれること。

ファンサービスも忘れないなんて！　お姉さんはリヒト君を一生推す！

「わあ、もう終わりそう……」

フォレストコングが瀕死《ひんし》時の行動をとっている。楽しいリヒト君の公演が終わってしまう。

毎日見たいな、この公演。エターナルチケットが欲しい。

なんてことを考えているうちに本当に終わりのようだ。

リヒト君がトドメをさそうとしているのが見えたので立ち上がろうとした、そのとき――。

私の横をなにかが猛スピードで通りすぎて行った。

「なに⁉」

それはまっすぐにフォレストコングへと向かい、リヒト君のトドメの一撃よりも早くフォレストコングに到達した。

驚いているリヒト君の顔と共に見えたのは、フォレストコングの額に刺さった剣。

謎の剣により、フォレストコングは息絶えた。それはつまり………。

「経験値、もーらい」

あまり日にちは経っていないのに、久しぶりに聞いたようなその声は……。

「ルイ君……」

「よお。随分変わった……っていうか別人じゃん？　髪はカツラ？　コスプレ？　そこまでして勇者のふりをしたかったわけ？」

リヒト君の前に飛び出たルイは挑発しながら話しかけてきた。この子も綺麗《きれい》な顔をしているのに、こんな表情をしていては台無しだ。残念な子である。

「……あっ！　お姉さん！　フォレストコングを倒した経験値が全く入っていません！」

「え⁉　そんなわけ……」

ルイに邪魔をされたが半分は入ったはず！

「全部オレがもらった」

驚く私たちの間に割って入ったルイがにやりと笑った。一体どうやって？

混乱する私を余所《よそ》にルイは得意気に語る。

「カトレアにもらったんだよ。経験値を総取りできるアイテムをな」

そう言ってルイがちらりと見せたのは腕につけている黒いブレスレットだ。

そんなアイテムがあるなんて……。

「楽なもんだぜ？　オレは一度も戦っていないのにどんどん経験値が入ってくる。レベルが面白いくらいに上がってさ」

誇らしげに語るようなことではない。恥ずかしくないのか！

「なんだその目は」

私と同じように顔を顰め、軽蔑《けいべつ》の眼差しを向けているリヒト君をルイが睨《にら》む。

「いい子ぶったところで、お前だって同じだろう？」

「……どういうこと？」

「ねずみ一匹しか倒せなかったやつが強くなりすぎだ。なにもかもこのエルフに施してもらったんだろう？　その武器や防具、それにステータスを上げる薬とかもらってんじゃねーの？」

お前と一緒にするな！　装備は私が渡したものだけど、リヒト君は返すと言っているし、ただ甘えているわけではない。経験値もいまやほとんどがリヒト君自身で得たものだ。

リヒト君が自分でケリをつけたいだろうから黙っているけど、思いきり叫んでドロップキックを入れたい！

「…………」

リヒト君は怒ることもせず、複雑な表情でルイを見ていた。どこか悲しそうにも見える。

「なに黙ってんだよ。あ、図星？　まあ、そうだろうなあ。つーかさ、全部オレに寄越せよ」

「薬なんて飲んでないけど、武器や防具はお姉さんに借りてる。だからルイ君にはあげられない」

「借りてる？　そう言って返すつもりはないんだろう？　いいからさっさとそれも寄越せ！」

言い終わるより前にルイがリヒト君の持つ贄《にえ》の剣に手を伸ばした。あんたなんかに渡すか！

阻止しようとしたが私よりも先にリヒト君が動き、ルイの手を掴《つか》んだ。

「痛ぇっ！　くそ、放っ……!?」

ダグが宙を舞ったときの光景が蘇《よみがえ》る。あのときと同じようにルイの身体《からだ》が弧を描いて宙を舞う。

リヒト君の一本背負い再び！　前よりもキレがいい！　ダンッ！　と鈍い音を立て、ルイの身体は地に落ちた。仰向けに倒れたルイは目を見開いて呆然《ぼうぜん》としていた。

経験値を横取りして、リヒト君よりも強くなったつもりだったのだろうか。リヒト君は影竜イベントでレベル50に到達していた。

フォレストコングの経験値が入ってもレベルが一つ上がるかどうかだろう。

ルイもがんばったようだが、おそらくレベル30前後。誰が見ても実力差は明らかだ。

今回横取りしただけで追いつけるわけがない。

リヒト君の戦う様子を見ていたはずなのに分からなかったのか……。

呆《あき》れるばかりだ。倒れたままのルイのもとへリヒト君が近づく。

「僕ね、ルイ君が羨《うらや》ましかった。格好良くて、強くて、なんでもできて。皆がルイ君を好きになる。でもね、今は全然羨ましくないよ」

「…………はあ？」

「今のルイ君みたいにはなりたくない」

「…………っ」

ルイの顔が一気に怒りで歪《ゆが》む。リヒト君……よく言った！　空気を読んでまだ静かにしているが、私の精神体は拍手喝采《かっさい》だ。

本当によく見返したね……お姉さん、立派なリヒト君の姿を見ることができて涙がっ。

「ルイ君は間違ってる」

「……調子にのるな！」

起き上がったルイがリヒト君に殴りかかろうとしたそのとき――。

「待ちなさい！」

リヒト君とルイの間に矢が飛んできた。二人が飛び退《の》き、矢を射た者へと目を向けた。

弓を持っていたのはゴロツキのような冒険者だったが、その隣にいたのは……カトレアだ。

「おい！　なにやってんだ！　オレに当たるところだったぞ！」

ルイがカトレアに向かって怒鳴る。

たしかに今の矢はリヒト君よりもルイを狙っているように思えた。弓を持っている冒険者がまた矢を放つと、今度はルイの腕を掠《かす》った。

「……いい加減にしろよ。どこ狙ってんだ！」

やはりルイを狙っている？　カトレアの背後から次々と姿を現した冒険者も、ルイに向かって攻撃を始めた。え、なにこれ、仲間割れ？

私とリヒト君は混乱して動けず、傍観している。

「おい、カトレア！　こいつらちゃんと操れよ！　狙いはオレじゃなくてそいつだろう！」

操る？　そういえばゴロツキ冒険者は無表情でルイに飛びかかっているが、操られているのか？

ゴロツキ冒険者たちはそれほど強くはないが、さすがに一対多数では無傷でいられない。ルイが怪我をし始めた。あ、思いっきり殴られた。美少年がすっかりボロボロだな……。

ルイは憎たらしいが、それでもまだ子どもだ。黙って見ていられず、私たちは加勢することにした。ルイとゴロツキ冒険者たちの間に入り、近づく者を気絶させていく。

「……助かる」

お？　お礼を言えるなんて、意外と素直？

もしもルイを保護したのがカトレアじゃなかったら、案外気持ちよく付き合いができたのかもしれないと少し残念に思った。

「クソッ、カトレア！　おい！　聞いてんのか！」

ルイは必死に冒険者たちの攻撃をかわしながらカトレアを呼ぶが、カトレアはそれを無視してリヒト君へ笑顔を向けた。

「そのお姿……やはり勇者はあなただったのですね！　『黒』は敵の目を欺くためであったと、わたくしは分かっておりました！　ですからこの偽者――ルイを勇者だと認める振りをしたのです。でももう、その振りもする必要はありませんわね？　さあ勇者様、わたくしと共に大精霊の武器を手に入れに参りましょう！」

「………は？　なにを言っているの？　私とリヒト君、ルイまでぽかーんだ。

どういう論理？　敵って誰。あんなにルイ様ルイ様言っていたのに、ルイまで切り捨てるのか。

三人でしばらくフリーズしてしまったが、ハッとしたルイがカトレアを問い詰めた。

「オレを裏切るつもりか！」

「まあ、人聞きの悪い。偽者のあなたによくしてやったというのに、なんという口の利き方でしょう。やはり偽者ね」

「おやめください！」

飛び出してきた人物がルイの前に立ち、彼を守った。それを見たカトレアの顔が歪む。

「……シンシア。あなたはなにをしているの？」

「カトレア様！　もうやめましょう！　一度王都に戻りましょう！」

「あなたはお母様の言うことを守っておけばいいの。わたくしを守れと言われているでしょう？わたくしを守る、ただそれだけでいいの。あなたの意見なんて聞いていないの。邪魔をするなら消えなさい。さあ、リヒト様。わたくしたちは進みましょう」

カトレアが近づいてきたが、リヒト君は少し後ろに下がり「近づかないで」と剣を向けた。

「僕は行きません！　僕の仲間はお姉さんだけだ！」

しっかりと拒否をするリヒト君にカトレアは笑顔を崩さず語りかける。え、怖っ。

「これまでのことで、わたくしのことを勘違いしているのです。しっかりとお話しさせていただきますので、まずは共にこの先へと……」

「勘違いなんてしていません！　僕はあなたが嫌な人だって分かってます！　今まで僕にしていたことを『ふりでしていた』なんて大嘘だし、ルイ君のことまで傷つけるなんて！　いいところなんて綺麗な服だけだし！　カトレアさんみたいな人、僕は大大大嫌いですっ！」

「………………」

「あはははははっ！！！！」

リヒト君のカトレア全否定の叫びを聞いて、カトレアは絶句。私は爆笑だ。

「ふはっ。散々な言われようだな」

さっきまではカトレア陣営だったルイまで笑っている。リヒト君、今までは子どもなのに大人な対応をしていたが、相当ストレスが溜《た》まっていたんだな……。

言いたいことが言えてスッキリしたに違いない。顔を引き攣《つ》らせているカトレアが見られて私もスッキリだ！　今のシーン、録画したかったなあ。

「それにカトレアさんがいい人でも悪い人でも僕には関係ありません！　僕はお姉さんがいいんです！　お姉さんと一緒にいたいんです！」

あわぁあああ……お姉さん、今度こそ号泣だよ……！

「リヒトくうううううん！！！」

「どこまでも忌々しいエルフめ！」

「愚か者が」

その場にいた全員が固まってしまうほど冷たく鋭い声が響いた。

声の主はやっと追いついてきた大神官様で、その視線の先にはカトレアがいる。

「お、お兄様？　お兄様ではありませんかっ！」

カトレアが見たことがない程おろおろしている。

親に叱られた子どものように小さくなっていて、私たちに対しては常に人を見下す目をしていたカトレアとは思えない。

「どうしてそのような怖い顔をなさっているの？　わたくしは今、勇者様をお誘いしているのです！　勇者様がわたくしの仲間になれば、今まで以上にお兄様のお力になれます！」

カトレアが必死に訴える。この人……もしかしてブラコン？

ゲルルフを見ると、考えていたことが顔に出ていたのか静かに頷《うなず》いてくれた。

やはりですか。重症っぽいですね。大神官様、ご愁傷様です。

「まるで今までも私に貢献してきたような口ぶりだが、お前に助けられた記憶はなに一つない」

「ぶふっ」

心の中で手を合わせていたら、大神官様の容赦ない言葉が聞こえてきて思わず噴いてしまった。

「そんな……あんまりですわ！　わたくしはお兄様に認めていただきたくて……！」

カトレアは噴き出してしまった私に気がつかないくらい動揺していて涙目だ。

いいぞ、もっとやれ！

「認めて欲しくてやったことがこれか？　救いようがない。母上もお前を見限ったぞ」

「う、嘘よ！　そんなわけないでしょう！　お母様がそんなっ」

「お前を庇《かば》えば至るところに火の粉が飛ぶ。あの人も馬鹿ではない」

「そんなこと、信じませんわ！」

「お前が信じるかどうかはどうでもよいのだ。これは事実で、お前は自らが招いた結果を受け入れるしかない。観念しろ」

「どうして……どうして分かってくださらないの！」

カトレアの顔がどんどん憎しみに歪んでいく。真っ白なドレスがカトレアの醜悪さを際立たせる。

「……いいわ。お兄様には、あとで謝っていただきますから！」

カトレアがそう叫んだ瞬間、リヒト君の周りに黒い靄《もや》が現れた。だが、大神官様が瞬時に光の魔法でそれを払った。

「お兄様！　邪魔しないで！　こちらにいらっしゃい、ルイ！」

カトレアの叫びに、ルイが素直に従った。

カトレアに裏切られたルイがどうして？　と思っている間にルイはカトレアの近くにいるゴロツキ冒険者に囲まれてしまった。

そうか、ルイもゴロツキ冒険者のようにカトレアに操られたのか。

「動かないで！　少しでも動いたらルイが死ぬわよ？　ルイ、わたくし以外の者が動いたらすぐに自害しなさい！」

カトレアがルイに命令をした。言葉の通り、私たちが少しでも動くとルイは自らを傷つけてしまうのだろう。手にした剣を首に当てている。

ルイを見捨てるわけにはいかないし、カトレアがどんな方法で操っているか分からないから、下手に動くことができない。

「そう。そのまま大人しくしていたらいいの。勇者様……今度こそわたくしに支配されて頂戴《ちょうだい》！」

再び黒い靄がリヒト君を包む。リヒト君を操ろうとしているに違いない。

ルイを見捨てる？　でも、リヒト君なら誰かを犠牲にして救われることを望まないはずだ。

「理人！」

私が迷っている一瞬に、大神官様が再びリヒト君を救おうと光の魔法を使った。

リヒト君を包んでいる靄は薄くなっていくが、ルイが自分の首に当てた剣を動かし始めた。

私は慌ててそれを止めに入る。ルイの首に少し切り傷ができたが、なんとか間に合った。

「さすがお兄様！　勇者様を救うための犠牲は仕方ありませんわよね！」

カトレアが嬉《うれ》しそうに叫んだ。その瞬間、リヒト君を包んでいた靄が一気に黒くなり、リヒト君を呑み込んだ。同時に大神官様にも靄がかかる。

「フィリベルト様！」

ゲルルフが大神官様を光魔法で救おうとしているが、大神官様ほど強い光魔法を使えないようで、思うように解除できない。

私は気を失っているルイを置き、リヒト君を救おうと光魔法を使ったが、私の魔法では効果がないようだ。大神官様じゃないと……！

「カトレア！！！！」

リヒト君にかかる靄を払えないのなら、私はカトレアを始末する！

「勇者様！」

カトレアへ斬りかかった私の一撃を止めたのは——。

「リ、リヒト君？」

茫然《ぼうぜん》とする私を、光のない瞳《ひとみ》をしたリヒト君が見つめる。

「くっ…………！」

リヒト君に斬り返され、後ろに跳んだ。

「ああっ！　理人！！！」

ゲルルフに救われた大神官様の悲痛な叫びが響いた。まさか……まさか！！！

「お兄様！　これで勇者様はわたくしのいいなりよ！　なにか仰ることはありません？　あはっ、あははは…………あはははははは！！！」

五章　大精霊の試練

「カトレア、お前は……救いようのない馬鹿だ！！！」

大神官様が魔法でカトレアを攻撃したが、リヒト君がカトレアを庇った。

カトレアを攻撃するとリヒト君が出てくる。

リヒト君を傷つけるわけにはいかない。

リヒト君がカトレアに操られちゃった……ああ、どうしよう……どうしよう！

「わたくしたちは忙しいの。大精霊の武器が手に入れば、お兄様もきっと理解してくださるでしょう。六聖神星教内でも特別な地位がわたくしに与えられるに違いないわ。ふふっ、聖女かしら！」

「勇者様を私利私欲のために操るような者が聖女なわけがない！　恥を知れ！」

「私利私欲？　違いますわ。わたくしはお母様から王家の血を継いでいるわ。お父様にはこれまで六聖神星教を支えてきた功績があり、お兄様は光の大神官！　それなのに、わたくしはただの神官などという誤った地位にいることが問題なのです。だからわたくしは誤りを正し、勇者様を導くの」

「ふざけるな！　お前のような者に勇者様を導く資格はない！」

「……これ以上話しても無駄ね。大精霊の武器を手に入れてから話しましょう。さあ勇者様、参りましょうか」

カトレアはリヒト君を呼び寄せ、その腕を掴《つか》んだ。まずい、移動するつもりだ！

行かせるわけにはいかない、カトレアがリヒト君を使って大精霊の武器を手に入れてしまう！

「待ちなさい！」

大神官様と私は同時にリヒト君を捕まえようと動いたが……。

闇がカトレアとリヒト君を包んだ次の瞬間、二人の姿は消えていた。

「逃がした……？」

「アイテムで大精霊の武器のところまで一気に移動したのだと思います。カトレアは闇の精霊の気配がするアイテムをいくつか持っているようです。闇の精霊に好かれていた者で、魔法やアイテムに詳しい人物に心当たりがあります。出所はそこかもしれません……。クソっ」

大神官様は冷静に話していたが、怒りを堪《こら》えきれなかったようだ。

たぶん私と同じ気持ちなのだろう。リヒト君を守れなくて、心底自分に腹が立っている！

でも、反省するのはあとだ。早くリヒト君を助けないと！

「大精霊の武器のところにいるはずだわ。急ぎましょう！」

あの場にいたシンシアにルイを渡し、場の収拾はゲルルフに任せた。

私と大神官様はリヒト君を追う。大精霊の武器がある場所は分かっている。

「着いたわ！　あそこよ！」

ダンジョンの最深部、大精霊の間――。

普段は分厚い石の扉に閉ざされているが、今は大きく開かれている。

中から二人の気配がする。大神官様と急いで中へと飛び込んだ。

「リヒト君！」

ダンジョンの最下層とは思えないドーム状の広い空間。

その中心にカトレアとリヒト君の姿があった。

リヒト君の目の前には石でできた台座があり、その上には強い光を放つ剣があった。

光で細部は見えない。輪郭でそれが剣であると認識できるが、あれは……。

「大精霊の武器です！　いけない、このままではカトレアの思い通りに……！」

「動かないで！」

「「！」」

カトレアが叫ぶ。

「動いたらわたくしが勇者様を攻撃するわ。もしくは、勇者様にご自身を痛めつけてもらいましょう」

「なんですって……⁉」

「大人しく見ていなさい。素晴らしい瞬間を！　邪魔をするなら勇者様に責任をとっていただくわ」

「お前は自分がなにを言っているか分かっているのか！」

カトレアは本当にリヒト君のことを道具としか思っていないのね。許せない……！

私と大神官様は怒りに震えている。

絶対にカトレアの好きにはさせない！

でも、リヒト君を盾にされるとどうすることもできない。

「さあ、勇者様！　大精霊の武器を手に入れて頂戴！」

「リヒト君、だめ！！！」

リヒト君がゆっくりと光に向けて手を伸ばす。すると、リヒト君の姿が見えなくなるほど大精霊の武器が放つ光が強くなり、周囲を真っ白に染め上げた。

眩《まぶ》しい光に目を開けていられなくなる。なにが起こっているの？

「ふふふ。これから忙しくなるわ」

カトレアの呟《つぶや》きが聞こえ、瞼《まぶた》を開けた。視界の先に見えたのは――。

神聖な空気をまとった美しい剣を手にしているリヒト君だった。

ああ……リヒト君が大精霊の武器を手に入れてしまった。

先程までは強い光を放ち、輪郭の見えていなかった大精霊の武器だが、今ははっきりとその全容を見ることができる。

本来ならとてもうれしいことなのに、リヒト君と一緒に喜びたいことなのに……！

「邪魔されないよう、あの女を始末しておきましょう。勇者様、お願いしますわ！」

カトレアの声を聞き、リヒト君が私に向かってくる。

「やめて！　リヒト君！」

大精霊の武器を振り上げ、襲いかかってくるリヒト君をかわす。

やっぱりリヒト君を攻撃することなんてできない。

攻撃を避けつつ、なんとかリヒト君の意識を取り戻さないと……！

「⁉」

リヒト君から逃げている私を狙い、背後から矢が飛んできた。

かわすことはできたが危なかった。カトレアとリヒト君以外に誰が……。

「ダグ！」

ふり向くとそこにいたのは醜悪な笑みを浮かべたダグだった。弓を構え、私を狙っている。

「どうしてここにいるのよ！　ギルドで処分されたはずじゃなかったの！」

「ああ。お前のおかげでギルドはクビだ！　切られた上、牢獄《ろうごく》のようなクソッタレなところで死ぬまで働け、だとさ！　どうして俺が！　俺はギルドマスターになる男だ！」

ギルドでどこかに強制労働させられる処分が下されていたらしい。自業自得じゃないか。

「お前を始末したら、カトレア様が俺の面倒を見てくれる！　復讐《ふくしゅう》もできて一石二鳥だ！」

「完全な逆恨みじゃない！　カトレアがあなたの面倒を見るとも思えないしね！」

「うるさい！」

ダグの矢をかわしながら、リヒト君の攻撃を避ける。

まずはダグを倒そうと動いたが、リヒト君がダグを庇《かば》ってしまう。

「ははは！　かわいがっているガキにやられる気分はどうだ！」

「……本当に最低な奴！」

「なんとでも言え！　お前を始末するためならどんな手でも使う。次はこれだ！」

ダグの手の中でなにかが光る。黒い石？　なにをするつもりだ？

警戒していると、大精霊の間に魔物が押し寄せてきた。魔物たちはダグを素通りし、まっすぐに私を狙ってくる。魔物も操っているのか？

「神聖な大精霊の間に魔物を呼び込むなんて、どうかしているわね！」

「そうやって余裕でいられるのも今のうちだ！」

……たしかにピンチだ。リヒト君はまだ私に攻撃を続けている。回避を続けながら魔物を倒さなければいけない。

リヒト君の意識さえ戻ればなんとかなるが……。

魔物を倒しながらリヒト君に呼びかける。

「リヒト君、しっかりして！　お姉さんよ？　忘れちゃったの⁉」

「話しかけても無駄よ」

嬉《うれ》しそうに歪《ゆが》んだ笑顔を見せるカトレア。こんな醜い聖女がいてたまるか！

「愚かなことはやめなさい！」

大神官様が叫ぶ。

「操っているのは……その指輪だな？　一際強い闇の精霊の力を感じる」

人を操ることができる指輪……？　ルイの経験値を全て盗むブレスレットもそうだが、そんなものゲームでは存在しなかった。なにが起こっているの？

「さすがですわね！　謝ってくださったらお兄様もわたくしの仲間にしてあげますわよ？」

「黙れ。今ここでお前にけじめをつけさせることが、私が兄としてできる最後の情《なさけ》だ」

大神官様に拒否されたカトレアの顔がどんどん歪んでいく。

「どうして分かってくださらないのかしら！　……いいわ。分かってくださるまで、わたくしがお兄様も導いてあげる」

黒い靄《もや》が大神官様を襲う。大神官様まで操るつもりか！

「大神官様！」

私にはあの靄を払うことはできない。それならとカトレアを狙い、攻撃を仕掛けるが……。

「勇者様！　わたくしを守りなさい！」

操られたリヒト君がカトレアを守る。

「マリアベルさん、私は大丈夫です！　でも、どこまで耐えられるか……！　どうか私が操られる前に、理人を……！」

「分かったわ！」

大神官様にはがんばってもらい、私はリヒト君を優先する。

「リヒト君！　お願い！　正気に戻って！」

状態異常回復や解呪、色んな魔法を試してみるが効いている気配はない。一体どうすれば……。

「…………くっ！」

試行錯誤していると、ダグの放った矢が腕を掠《かす》めた。

「ははっ！　とうとうお前を始末できそうだ！」

こんな奴がギルドでサブマスターをしていたなんて信じられない！

「いい加減にしてよね！！！！」

本当にしつこい！　どうしてこんなに粘着されなければいけないの！

キレた私は全力で魔物を倒していく。魔物の次はお前だからな、ダグ！

怒りを原動力にしてどんどん魔物の数を減らしていく。

「ちっ、しぶとい奴め！　おい、ちゃんと勇者を動かしてくれ！」

「あなた、わたくしに指図する気⁉」

揉《も》めるカトレアとダグを尻目《しりめ》に、私は魔物を倒しきった。

リヒト君を盾にされているとはいえ、ボスでもない魔物に負ける私ではない。なめるなよ！

これでリヒト君に集中できる！

「くそっ、全部倒しちまったじゃないか！」

「勇者様、なにをやっているのよ！　早く始末して！」

カトレアの絶叫を聞き、リヒト君は全力で斬りかかってきた。

私は……もう逃げない。リヒト君の一撃を剣で受けとめ、押し返した。

そして身を引いたリヒト君を追い詰めるように、次々に剣で打ち込んでいく。

もちろん怪我《けが》をさせるつもりはない。でも、リヒト君に攻撃をしているというだけでつらい。

ごめんね、リヒト君！

「………………っ」

踏み込んで斬り込んだ瞬間、大精霊の武器がリヒト君の手から離れ、空を舞った。

大きく弧を描いて飛んで行った大精霊の武器が地面に落ちる。

貴重なものでも、リヒト君の方が大事だ。今は構っていられない。

「リヒト君！」

手持ちの武器がなくなったリヒト君を抱きしめる。

「お願い！　目を覚まして！　優しいリヒト君に戻って！」

「そんなことをしても無駄よ！　勇者様！　早くその女をやっつけるの！」

カトレアの叫び声が聞こえる。うるさい！

やっぱりカトレアをぶっ潰《つぶ》す！　と思っていたのだが、リヒト君の動きが止まっていることに気がついた。

カトレアが命令したのに言いなりになっていない。少しは私の声が届いた⁉

リヒト君の身体《からだ》を離し、顔を覗《のぞ》き込む。リヒト君はまだ光のないうつろな目をしていた。

こんな様子のリヒト君を見ていると泣きたくなる。

いつものかわいくてキラキラした目はどこにいったの！

「リヒト君！　しっかりするの！　あなたは勇者でしょう！」

リヒト君の両頬をパシンと押さえる。強引に目を合わせ、訴えかける。

「立派な勇者になって、いっぱい楽しい思い出を作るって約束したでしょう？　カトレアなんかの好きにさせちゃってどうするの！　負けないで、リヒト君！！！」

お願い、正気に戻って！　祈りながら叫ぶ。すると少しずつリヒト君の目に光が戻り始めた。

「リヒト君⁉　リヒト君！」

意識が戻りかけているのかも！　声が届くようにと何度も名前を呼ぶ。

「無駄だって言っているでしょう！」

カトレアが叫んだ、そのとき──。

「お姉……さん？」

リヒト君が私を呼んだ。操られている間はずっと無言だった。

声を出せたし、私が分かるということは……！

「リヒト君！　正気に戻ったのね！」

「えっと、僕は……？」

「そんな！　あり得ないわ！　もう一度……！」

カトレアの黒い指輪が光る。またあの靄がリヒト君を包む。

「リヒト君、逃げて！」

「……大丈夫です」

「え？」

「頭がボーッとしていたんですけど、操られていた間のこと、思い出してきました。もう、お姉さんたちに迷惑はかけません！　操られたりしません！」

そう言うと、リヒト君を包んでいた黒い靄は一気に霧散した。

リヒト君はカトレアに対抗できるようになったようだ。

「すごいよ、リヒト君！」

思わずもう一度リヒト君を抱きしめた。よかった、このままカトレアの操り人形になったらどうしようかと！

「よかったよおおおおっ〜〜〜！」

「……ああ、よかった」

大神官様も黒い靄に打ち勝ったようでこちらにやってきた。

「ちっ」

舌打ちが聞こえ、顔を上げるとカトレアがリヒト君の手から落ちた大精霊の武器を拾っていた。

「ふん。これさえあればなんとかなるわ！」

カトレアがニヤリと笑みを浮かべた。

勇者の資格がある者でなければ、大精霊の武器は真の力を発揮しない。ただの剣に成り下がってしまうことを知らないのだろうか。

「それを寄越せ！」

ダグがカトレアから大精霊の武器を奪う。

「あっ、なにをするの！　下っ端には必要がないものだわ」

「下っ端じゃない。これがあれば俺が勇者だ！」

なんて醜い争いなのだろう。この様子を見るだけでも、どちらも勇者に相応《ふさわ》しくない。

「まるで愚か者の手本のようですね」

大神官様が疲れた声で零《こぼ》した。片方は妹だものね。心中をお察しします。

「あ……」

リヒト君が短く声を漏らした。

声につられて視線を動かした大神官様が目を見開いている。

二人の視線の先には、カトレアとダグが取り合っていたはずの大精霊の武器を手にしている白く美しい人がいた。

地面まで届く長い髪、肌、服――すべてが純白だが、瞳《ひとみ》だけは神秘的な黄金だった。

男性か女性か分からないが、どことなくリヒト君に似ている。

説明をされなくても本能的に分かった。――光の大精霊『リヒト』だと。

光の大精霊は、カトレアに視線を送った。

『その指輪、闇の精霊の力を使っているな。そのような使われ方をして、闇の精霊も嘆いている』

「ひっ！」

カトレアの指についていた指輪が粉々に崩れた。

『試練を与える』

そうだ、大精霊の武器を手に入れるためには試練をのり越える必要がある。

今までは武器が出現しているだけで、まだ誰も持ち主と認められていないのだろう。

試練と言われ、視線を向けられたのはリヒト君ではなく――。

「え、わたくし？」

「俺も？」

カトレアとダグだった。二人は大精霊の武器を手に入れたい想いはあるが、『試練』に怖じ気づいているようだ。だが、光の大精霊はそんなことには構わず動き始めた。

光の大精霊がなにもないところに手を向けると、そこから二体の泥人間のようなものが現れた。

あまり強そうには見えないのだが、何故か見ていると言いようのない不安に駆られる。

泥人形たちはゆっくりと、それぞれカトレアとダグに向かって歩き出した。

「や、やめて、来ないで！」

「来るな！　ちくしょう！　近寄るなと言っているだろう！」

カトレアは魔法で、ダグは矢や剣で泥人形を倒そうとするが、泥人形は壊れても壊れても元通りになり、二人を追い詰める。そしてとうとう泥人形は二人を捕まえた。

掴《つか》んだ手から二人の身体に溶けるように混ざっていく――。

『その泥人形たちは私の武器を私利私欲のために手に入れようとした者たちの悪意、欲の塊だ。勇者に相応しい者であれば、それに囚われることはない』

「なにこれ、気持ち悪い！　ああっ……そんな……た、助けて、お兄様！」

「ひ、ひいいいいっ！」

「……お前が敬愛する光の大精霊様の裁きだ。心して受けなさい」

「い、いやあああああっ」

「助けてくれっ！」

泥人形たちの姿がなくなると、強い光がカトレアとダグを包んだ。

純白の美しい光だが、どこまでも冷たく、恐ろしいものだと感じる。

「な、なにこれ、手が！　私の身体が！」

カトレアが皺《しわ》だらけになっていく自らの手を見て悲鳴を上げる。

「干からびる！　ひあああああっ！」

ダグの脂肪がたっぷりとついていて張りのあった腹や、顔の皮が弛《たる》みだす。

二人の周りだけ時が加速しているのか、光に時を奪われているのか――。

ダグとカトレアは老人のような姿になっていた。

「お、お姉さん……」

リヒト君が私の手をぎゅっと握った。……うん、怖いね。

精霊は恐ろしい。それを再認識させられた。

『心から悔い、改めることができたなら、時は戻るだろう』

「……救いを与えてくださったことに感謝いたします」

大神官様は膝《ひざ》を折り、光の大精霊へ祈りを捧《ささ》げた。

「助けて……助けて、お兄様……ああっ、あああああ！！！」

自らの姿に――現実に耐えられなくなったのか、カトレアは叫び声を上げると気を失った。

ダグも同じように倒れてしまった。

二人が元の姿に戻ることができるかどうかは自分次第だ。

本当に老人になってしまうまでに時を取り戻すことができればいいが……。

大精霊がこちらに――リヒト君に視線を向けた。リヒト君と私は緊張し、思わず息をのんだ。

『試練を受けるか』

もちろん大精霊の武器を手に入れるための試練だろう。

リヒト君なら大丈夫だと信じているが、カトレアとダグに起こったことを見ていたので怖い。

勇者になるか、もう一度話し合った方がいいかなと思ったが――。

「はい。受けます。お願いします」

リヒト君は光の大精霊をまっすぐ見据えて頭を下げた。

「リヒト君！」

心配で思わず腕を掴んだ私にリヒト君は微笑《ほほえ》んだ。

「お姉さん、大丈夫です。信じてください。さっきまでお姉さんたちにたくさん迷惑かけちゃったし、今度こそいいところを見せます！」

「……分かった」

勇者になるために今までがんばってきたんだものね。ここで止める権利は私にはないか。

大人しく見守ることにし、後ろへ下がった。

リヒト君と光の大精霊が向き合う。先程と同じように泥人形が出てくるのかと思ったが……。

「……え？　私？」

リヒト君の前に現れたのは私だった。泥人形の私というわけではなく、そっくりそのまま私だ。

「お、お姉さん？」

リヒト君が私のそっくりさんを見て焦っている。うん、私も焦ってる！

私のそっくりさんは剣を取り出すとリヒト君に襲いかかった。なにをしているの私～！

「お姉さんまで操られた⁉」

そっくりさんの攻撃をかわしながらリヒト君が叫ぶ。え、私はここにいるけれど⁉

『お前の姿は誰にも見えていない』

「え？」

大精霊がこちらを見ていた。私に言っているの？

『お前の偽者だと気づき、倒すことができるかが試練だ』

「私を倒す試練⁉」

『最も信頼する者に刃を向けるには、強い意志と精神力が必要だ。あの子にはそれが備わっているか、試させてもらう』

「そんな……」

私がリヒト君と戦っている光景なんて見たくないよ！

私のそっくりさんはリヒト君をガンガンに攻めている。強さは私ほどではないようだが、本気で戦わないとリヒト君が危ない。

「こんな試練、ひどいわ！　他の試練にしてあげて！」

『他の試練は必要ないようだぞ』

「え」

大精霊の言葉で視線を動かすと、リヒト君は大精霊の武器で私のそっくりさんに斬り込んでいた。剣で激しく打ち合っているが、リヒト君が押している！

「僕はお姉さんと出会えたことで変われたんだ！　優しい人がたくさんいるこの世界で勇者になりたい！　困っている人を助けたい！　だから僕は、この試練を絶対に乗り切る！」

そう言うと剣を大きく振り上げ、私のそっくりさんを真っ二つに切り裂いた。

「お姉さんは僕を傷つけることはしません。それによく見たら全然似ていませんでした。これはお姉さんじゃありません。偽者です！」

消えていく私のそっくりさんに剣を向け、リヒト君が言い切った。

ああっ……立派になって……他の試練にしろ、なんて言ったお姉さんを許して！

それに偽者だって気づいてくれて、お姉さんは嬉《うれ》しい！

「リヒト君！」

「あれ？　お姉さん！　どこにいたんですか⁉」

リヒト君に飛びつくと、もう姿は見えるようになっていたようで受け止めてくれた。

だが、代わりに光の大精霊の姿が消えていた。

『それはもう君のものだ』

どこからか光の大精霊の声が聞こえた。

リヒト君の手にある大精霊の武器がきらりと光ったように見えた。

「み、認めてもらえたのかな？」

「うんうん。やっぱり君が勇者だよ！」

◆

落ちついたところで、ゲルルフが神官を連れて追いついてきた。

カトレアに操られていた冒険者がダンジョン内で倒れていたりして色々大変だったらしい。

今も大神官様の指示を受けて忙しそうにしている。

「カトレアとダグは神殿で預かります。悔い改めさせるよう努めましょう」

大神官様が責任を持って引き取ってくれるそうなので安心だ。

さすがにもう絡んでくることはないだろう。

「リヒト君、よかったね！」

今、リヒト君の手には大精霊の武器がある。やはりリヒト君が光の勇者だったのだ。

大神官様が大精霊の武器をまじまじと見つめるリヒト君に声をかけた。

「大精霊の武器に名を与えてください」

「名前、ですか？」

「ええ。勇者様に名を与えられることで大精霊の武器は定まり、力を発揮するようになるのです」

「そうなんですか！　えっと……名前……名前……」

「リヒト君、ネーミングは大事よ！　勇者様の武器だからかっこいい名前にしなきゃね！　光の大精霊の武器だからシャイニングエクスカリバーとかどう？」

「……ダサいな。マリアベル様は黙っていた方がよろしいかと。勇者様がお決めになった方がいいでしょう」

「ねえ、大神官様。今小声でダサいって言わなかった？　確実に言ったわよね？」

「…………」

大神官様、リヒト君の思案待ちのフリをして笑顔で無視するのはやめてください。

「大神官様ってば結構いい性格をしているわね」と思っていると、リヒト君から視線を感じた。

「どうしたの？」

「あの、大精霊の武器の名前……お姉さんの名前をもらってはだめですか？」

「え？　『マリアベル』にするってこと？」

「だ、だめですか？　大切にしたいって思ったら、お姉さんの名前が浮かんで……」

「リヒト君！！！」

そんなことを言われて拒否できる人がいるはずない！

それに剣としての相棒も『マリアベル』だなんて、お姉さん嬉しすぎます！

「お姉さんはＯＫだよ！」

「やった！　あの、大神官様。『マリアベル』でいいですか」

「よいと思いますよ」

大神官様が優しく微笑んだ。この人、本当に優しい目でリヒト君を見るなあ。

「改めてカトレアの非礼をお詫《わ》びいたします。申し訳ありませんでした。いつかきっと、当人からも真心を持って謝罪させたいと思います」

リヒト君が頷《うなず》く。私もいつかそんなときがきたらいいなと思うよ。

「勇者様、マリアベル様。私共、六聖神星教アレス神殿にきていただくことはできませんか？」

「それは……ただ立ち寄って欲しい、という話ではないですよね？」

「ええ。私共のところに所属して欲しいというお願いです。衣食住は保障しますし、勇者様に無理な依頼をしたりはしません。ご希望に添うよう努力することをお約束します」

悪い話ではないと思う。この大神官様は信用できそうだし……。

「リヒト君、どうする？　神殿でお世話になる？」

リヒト君が安心するならお世話になったらいいと思う。

お姉さんはリヒト君がどこに行ってもついて行くからね！

「……いいえ。僕はお姉さんと旅をして、世界を見て回って立派な勇者になりたいです。この大精霊の武器を、困っている人のために使いたい。それに……僕はお姉さんのことも守れるようになりたいんです。だから神殿には行きません」

リヒト君が私と旅をしたいと言ってくれた！　お姉さんもそれが一番嬉しいよ！

「……分かりました。でも、いつでも訪ねて来てください。私はあなたたちの味方です。困ったときには、必ず力になります。そして……次に会ったときには、聞いていただきたいことがあるのです」

「次？　今じゃだめなの？」

「はい。次に会ったときに……」

大神官様が恐る恐るリヒト君の手を握った。

「勇者様、どうかお気をつけて」

「うん」

リヒト君は大神官様の手を離し、去ろうとしたが……。

「理人！」

大神官様はリヒト君を引き寄せて抱きしめた。

「この世界でたくさんのことを楽しんできてください。身体《からだ》を大事に。決して無理はしないで……。離れていても私はいつもあなたの無事を祈っています。……あなたの進む道に光がありますように」

「……ありがとうございます」

リヒト君は驚いている様子だったが、静かに大神官様の言葉を受け取っていた。

大神官様が心からリヒト君を想っているのが伝わってきた。

リヒト君が操られていた間も大神官様はずっとリヒト君を最優先に動いていた。

大神官様にとってリヒト君はどんな存在なのだろう。

「……行こうか、リヒト君」

「うん！」

「それでは、また……」

大神官様とはお別れの時間だ。

「いってらっしゃい」

歩き出したリヒト君に大神官様が声をかけた。大きく手を振って送り出してくれている。

「いってきます！」

リヒト君は眩《まぶ》しい笑顔で手を振り返した。

「……また会いに行くね、『お母さん』」

「うん？」

「なんでもないです。いきましょう！」

◆

『もし理人がどこかで生きているのなら――。笑顔で幸せに暮らしていていてほしい』

「行ったか……」

遠ざかる二人の影を見送り、私――光の大神官フィリベルトは手を下ろした。

「まさか生まれ変わってから、願いが叶《かな》っていると知ることになるとは……」

私には二回分の人生の記憶がある。今生のフィリベルトとしての記憶と、平和な日本という国で生きる一人の女だった前世の記憶だ。

前世の私は、日々の不満やストレスを我が子にぶつける最低な母親だった。

そんな醜い母親のもとにいるのは可哀想《かわいそう》だと神様が息子を隠してしまったのか、ある日息子は行方不明になり、いくら捜しても見つからなかった。いなくなってから大切だったのだと気づいてももう遅い。

『秀人だけが大事だったんじゃない。同じように大事で、愛している。あなたは私の光』

そう伝えたかったけれど、その願いは叶わなかった。それが私に与えられた罰だったのだろう。

そして二度目の人生で私は男として生まれた。母親になる資格なんてなかった、とずっと思っていたから腑《ふ》に落ちた。

だからまさか転生して三十年も経ってから、あの子と再会することになるとは夢にも思わなかった。

ようやく出会えた息子の見た目は変わっていたが、すぐにわかった。

見た目だけではなく表情も違い、とても楽しそうで生き生きとしていた。

あんな笑顔を見たのはいつぶりだったか。

いつからかあの子は俯《うつむ》いてばかりいたのに……。そうさせていたのは紛れもなく私だ。

そして今、あの子を輝かせているのは共に過ごしている仲間。

「いい人と出会えてよかったね」

今度こそ大切にしたいと思ったが、今のあの子に私は必要ない。名乗り出る資格もない。

でも、いつか私にもあの子の力になれるチャンスが巡ってきたら、力を尽くそうと思う。

「まずはカトレアが持っていた闇の精霊の気配がする指輪を調べるところからだな……」

勇者さえも操る指輪に魔物を呼び寄せる石。それだけでも純粋に脅威だが、なにか人為的な思惑を感じる。

弟のジークベルトは冒険を始める以前に闇の精霊に協力してもらい、なにかを研究していた。

ドルソでの目撃情報もあるし、ジークベルトがカトレアに渡した可能性がある。

少し注視しておく必要がありそうだ。

私は私にできることで、理人と彼が守りたいものを守る手助けをしよう。

大神官としての立場からするとなんとしても勇者を神殿に引き留めなければいけなかったのだが、あの子の屈託のない笑顔を見ているとできなかった。

あの子にはこの世界で自由に、彼女と一緒に羽ばたいていて欲しいと思う。

◆

「リヒト君！　身体は大丈夫？　痛いところはない!?」

「お姉さん、僕は大丈夫ですから」

操られていた上に大精霊の試練まで受けたリヒト君の身体が心配で、私は何度も聞いてしまっている。痛みはなくても悪いところがあるかもしれない！　早く休んでもらおう！

ダンジョンを出たところで私たちの前に、小柄な影が飛び出してきた。

とても見覚えのある金髪の美少年だ。

「オレも連れて行ってくれよ！」

待ち伏せをしていたのか、現れたのはルイだった。

カトレアに操られたあと気を失っていたが、目を覚ましたようだ。

首にできてしまっていた痛々しい傷も、治療してもらったようで綺麗《きれい》に治っていた。

ルイも私たちについてきたいようだが……どうしようかな。

ちらりとリヒト君を見ると、リヒト君も悩んでいるようだった。

「ルイ君はまず『ごめんなさい』をしないといけないと思う」

「どういうことだ？」

「カトレアさんたちと一緒にいて、迷惑をかけた人はいない？」

「それは……。でも、オレが決めてやったんじゃないし……」

「でも、止めなかったんだよね？　それに、僕は困っている人を助けられる勇者になるって決めたけど、ルイ君はどうしたいの？」

「………………」

リヒト君の言葉にルイは黙り込んでしまった。

色々考えているのだろう。すぐに答えを出すことはない。

「この世界でどう生きていくか。今まで迷惑をかけたことを反省しながら、ゆっくり考えてみたら？　光の大神官様のもとでならこの世界のことも色々聞けるし、よくしてくれるはずよ。私たちとも連絡が取れるだろうし」

ルイもある意味カトレアの被害者だと言えるし、丁重に扱ってくれるはずだ。

大神官様ならルイの話もちゃんと聞いてくれるだろう。

「……考えた結果、ついて行きたいって言ったら、連れていってくれるのか」

「もちろん」

「……分かった。正直、今はなにをしたらいいのか分からない。突然異世界に連れてこられて勇者だって言われたから目指してただけだし……。ゆっくり考えてみる」

そう言うとルイは私たちに道を譲った。

「ルイ君、また会おうね」

「ああ」

にこにこ笑うリヒト君につられたのか、ルイも笑顔になっていた。

「おい！」

歩き出した私たちをルイが止める。振り返ると、ルイは何故《なぜ》か恥ずかしそうにもじもじしていた。

「ルイ君？」

「だから、その……今まで酷いことをして悪かったな。オレ、別にお前が嫌いなわけじゃなかったんだ」

ツンデレだあああっ！　空気を読んで声には出さなかったが、思わず心の中で叫んでしまった。

「うん！　僕も！　もっとルイ君と仲良くしたかったよ」

カトレアがいなかったら、二人は親友になれていたのかもしれない。

これからでも仲良くなれるはずだし、同じ世界からきた仲間でもあるからルイとは連絡を取っていきたい。二人が交わした言葉は少なかったが、今までのわだかまりはなくなったように思う。

成長した二人がいつの日か助け合うようになれたらいいな。

「お姉さん。僕、カトレアさんに操られちゃったし、大精霊の武器も使いこなせていません。まだまだ未熟だけれど、必ず立派な勇者になります。この大精霊の武器『マリアベル』に相応《ふさわ》しい勇者になります」

リヒト君が『マリアベル』を掲げる。白銀の刀身がキラリと輝く――。

「なれるよ。君ならきっと！」

六章　旅する二人

「マリアさん、朝ですよ。そろそろ起きてください」

「んあ？」

優しい声が聞こえた。顔にかかる髪をそっと払われ、目を開ける。

窓が開いているのか、さわやかな風がカーテンを揺らしている。

小鳥のさえずりが聞こえ、暖かい光が部屋を満たしていた。

「おはようございます」

そして目の前には、神秘的な美少年の微笑《ほほえ》み。これ以上幸せな朝ってある？

「リヒト君、おはよう。はあ、今日も美しいわあ。生きててよかった……」

「ふふ、まだ寝ぼけてます？　顔洗ってきてください。その間に朝食をもらってきますね」

もそっと身体を起こしながら、きっちりと身支度を整えているリヒト君の背中を見送る。

私がのんびりできるように本来は食堂でとる朝食をわざわざ取りに行ってくれるようだ。

「これがスパダリというものか……」

スーパーダーリン……いや、ダーリンでもないし、まだまだ成長途中だけれど、将来誰かのスパダリになることは間違いないだろう。

リヒト君、ランニングや素振りはもう終えてきたんだろうなあ。

カトレアやシンシアたちに修業だと言われてやっていた内容を、リヒト君は朝の日課にしている。基礎の強化になるし、あの頃を思い出してがんばろうと気が引き締まるのだそうだ。偉い！

私も見習わなければいけない。

「よし、顔を洗おう」

これ以上リヒト君の手を煩わせてはいけない。

「もう私の方がお世話されちゃっているわね……」

出会った頃は、戦闘はもちろん生活面でも私が面倒を見てきたが、この頃はすっかり逆転してしまっている。

リヒト君がこの世界に来てから三年経った。私たちは二人で旅を続けている。

「立派な勇者になりたい」というリヒト君に、私は改めてゲームのストーリーパートの詳細などについて話した。

ゲームではストーリーを進めていくうちに魔王級の魔物を生み出しているのが闇の大精霊だということが発覚する。なので諸悪の根源を絶つためには、闇の大精霊を倒さなければならない。

私はリヒト君と出会うまでは、時々魔王級の魔物を含むクエストボスなどを倒してアイテムを集めたりしていた程度だった。

でも勇者であるリヒト君と旅をする以上、ゲームのシナリオ通りとは言わずとも、目的は魔王級の魔物を倒していき、諸悪の根源である闇の大精霊を倒すことになる。

私が知っているのは終盤までで、最終シナリオはまだ公開されていなかったが、これが物語の本筋であることはたしかだった。

ドルソの件以降、闇の精霊の気配を感じる魔王級に近い魔物の出現も増えている。

この世界でもゲームと同じように、魔王級の魔物に苦しめられている人、犠牲になった人はたくさんいる。人々の平和を守る勇者ならば、闇の大精霊を倒し、魔王級の魔物が生み出されるのを阻止しなければならない。

その目的を果たすため、リヒト君の修業を続けながら旅を続けているのだ。

今はリヒト君が召喚された国とは違う『ヴァーミリオン』という国にいる。

光の大神殿とはギルドを通して稀《まれ》に連絡を取る。大神官様やルイは元気にしているそうだが、まだしばらく顔を見ることはないだろう。

リヒト君も背が伸び、まだまだ幼さが残っていてかわいいけれど男の子らしくなってきた。

この勢いだと来年ぐらいには身長も追いつかれ、同じ目線になっているかもしれない。

後ろからくっついてリヒト君の頭の上に顎《あご》をのせるのが大好きだったのだが、お楽しみ期間の終了は近づいているようだ。残念すぎる！　今のうちに満喫しなきゃ！

身体《からだ》つきもしっかりしてきたし、レベルも上がって、私でも勝てるかどうか怪しくなってきた。

まだまだ負けるつもりはないけれどね……！

顔を洗い、身支度を整えたところでリヒト君が戻ってきた。

トレイには二人分とは思えない量の朝食がのっている。かごの中にパン、いくつ入っているの？

今日も持ち前の美貌《びぼう》で宿の人を虜にしてサービスしてもらったようだ。

二人でテーブルにセッティングし、朝食タイムを始める。

「マリアさん、今日は長距離移動になりますから、しっかり食べてくださいね」

「はーい」

最近リヒト君は私を「マリアさん」と呼ぶようになった。

姉弟《きょうだい》だと思われるのが嫌なのだそうだ。私が姉だとそんなに嫌ですか？　血のつながりがあったら恥ずかしいですか⁉

お姉さんと呼んでもらえないのは少し寂しいが、名前で呼んでもらえるのも嬉《うれ》しいので難しい。

モリモリだった朝食のほとんどがリヒト君のお腹の中に入ったあと、私たちは宿を出た。

◆

やってきたのは滞在している小さな町のギルドだ。

小さな町に相応《ふさわ》しくこぢんまりとした平屋のギルドで、中には冒険者の姿があったが、常連ばかりがいるようで私たちは部外者のような居づらさを感じる。気にせず用を済ますけどね！

今日はクエストをやっていこうと思う。

リヒト君とカウンターに行き、よさそうなクエストがないか探す。

「あ、マリアさん。森でフォレストコングの討伐依頼がありますよ」

「ほんとだ。フォレストコングかあ。なんだか懐かしいね」

光の大精霊の武器があったダンジョンで、何度も倒した思い出深い魔物だ。

銀色になったり、経験値を泥棒されたり、色々あったなあ。

「これにしませんか？」

「そうね！」

「おいおい。やめておけ。あんたたちだけでフォレストコングなんて無謀だ。死ぬ気か？」

クエストを受ける手続きをしようとしている私たちに誰かが声をかけてきた。

振り返ると、体格のいい中年男性の冒険者が立っていた。パーティーメンバーらしき男二人もその後ろに立っている。

ええっと、このシチュエーションは……。思わずリヒト君と顔を見合わせた。

「なんだかこの感じもなつかしいね！」

「そうですね」

「ダグは元に戻ったのかなあ」

「そうだといいですね」

「おい、人が忠告してやっているのに、なにをのんびり話している！」

どこにでもダグみたいなのはいるのねえ。

声をかけてくるのは私たちの実力を見抜けないポンコツばかりで、旅を始めた当初は度々あったものの、最近はなかったのになあ。

「僕たち、フォレストコングは倒したことがあるので大丈夫です。お気遣いありがとうございます」

こんな面倒臭い奴らに丁寧に対応するリヒト君は優しさの神。お姉さん、一生信仰する。

「小僧、上品なのはいいが嘘はいけないなあ。どうだ、俺たちを雇わないか？　護衛してやるぞ」

「足手まといの護衛がどこにいるのよ」

おっと、思わず本音をぽろりと零《こぼ》してしまった。

「なんだと？　今なんて言った！」

しっかりと男の耳に届いてしまったようで、鬼の形相で私を見ている。

「おね、マリアさん！　そういうことを聞こえるように言っては駄目です！」

私の発言自体には異論がなく、聞こえないなら言ってもいいのね？　そんなことより今！

「リヒト君、お姉さんって言いかけたね⁉　言って！　久しぶりにお姉さん呼び頂戴《ちょうだい》～！」

「い、言ってませんっ」

「言った！　お姉さん、はっきり『おね』って聞いたもの！」

「おい、無視をするな！」

男が私に掴《つか》みかかろうと手を伸ばしてきた。

リヒト君が素早くその手を掴み、背負うと前方に投げ飛ばした。

「わあ！　一本背負いだ！　これもなつかしいね！」

「あっ！　ごめんなさい！　ダグさんのことを思い出していたから、つい……！」

投げ飛ばされた男は自分の身に起こったことが理解できていないのか、天井を見つめて呆然《ぼうぜん》としていた。仲間の男二人も呆気《あっけ》にとられている。

小柄な美少年が大男を投げ飛ばす光景に時間が止まる、この感じもなつかしいな。

「あ、このクエスト受けます」

時間がもったいないので固まっているギルド職員さんに声をかけ、手続きをした。

「クエスト受注したよ。行こうか、リヒト君」

「はい！　あの、すみませんでした！」

まだ固まっている投げ飛ばされた冒険者とその仲間に向けてリヒト君はぺこりと頭を下げ、私と共にギルドを出た。

◆

町から遠ざかり、フォレストコングが出る森の中へと入る。

フォレストコングがボスだが、たくさんいる雑魚の魔物も比較的強い場所だ。

「油断しないで気をつけていきましょう」

「はい！」

以前のリヒト君は魔物が出ると言うと緊張した面持ちになっていたが、今では余裕の笑顔だ。

精神的にも逞《たくま》しくなり、にっこりと微笑む顔にも男の子らしさが出るようになった。

リヒト君推しのお姉さんはアイドルスマイルにドキドキです！

髪は短く切ってしまったが、まだ贄《にえ》の剣を普段使い用として使ってくれているし、白銀シリーズの装備も身に着けてくれている。

雪の王子様のようなビジュアルは、尊さ増し増しで健在だ。

「きゃあ！」

隣を歩くリヒト君の成長した横顔に見惚《みと》れていると、悲鳴と獣のうなり声が聞こえてきた。

この森は次の集落へ行くための通り道でもある。冒険者以外も通るので、助けが必要かも。

「誰か魔物に襲われていますね。今のうなり声はフォレストコングかな？　僕、見てきます！」

私も行くよ、と言うより前にリヒト君の姿は消えていた。速い！

私は一人にしても大丈夫だし、早く助けた方がいいと瞬時に判断したのだろう。素敵！

でも、お姉さんの出番がないのは悲しい！

「あ、マリアさん。こっちです」

嬉しさと寂しさを噛《か》みしめつつ追いつくと、リヒト君はフォレストコングを倒していた。

「さすがリヒト君！　お疲れ様。倒すのが早かったわね」

「倒し方を覚えていたので。記憶にあるより弱くてびっくりしました！」

「それだけリヒト君が強くなったっていうことだよ！」

「そうだと嬉しいです。えへへ」

相変わらず謙虚なところもかわいい。

最近はあまりやらせてくれないけれど、なでなでしたくなっちゃう！

襲われていたのは十人ほどで、戦える人はいたがみんな村人だった。この先にあるグラニット村から避難してきたらしい。村の近くに呪いをふりまく魔物が現れたそうだ。

「もう、『イベント』は起きているみたいですね」

「そうね」

私たちがこの地域にやってきたのは、とあるイベントをクリアするためだ。

まだイベント発生まで時間があると思いクエストを受けたが、イベントの重要な鍵《かぎ》となる呪いをふりまく魔物が現れたということは既に始まっているようだ。

「あの、ありがとうございました！」

避難してきた村人の中から若い女の子が一人、リヒト君に近づいてきた。

その目はキラキラと輝いている。

ピンチを救ってくれた絶世の美少年に心を奪われてしまったらしい。

リヒト君は行く先々でお嬢さんたちの心を盗んでいる。

まだまだ成長過程の現時点でこれだ。完成するとどうなるのか、末恐ろしい。

「無事でなによりです。それでは、お気をつけて進んでください。マリアさん、討伐対象のフォレストコングも倒しちゃいましたし、グラニット村に行きましょうか」

「そうね」

「あ、あのっ、お礼をさせてください！」

女の子がリヒト君に食い下がる。

「たまたま居合わせただけですから、気にしないでください。それでは、お気をつけて！」

声をかけられることにも慣れ、上手なお断りも習得したリヒト君が歩き出す。

あんなに自分に自信がない様子だったリヒト君が、立派になって……うう っ！

「今度はなにに泣いているんですか？　ほら、行きますよ！」

いつもの発作か、くらいの扱いをされ、リヒト君に手を引かれる。

女の子はリヒト君を引き留めたい様子だが、イベントが始まっているなら急がないといけない。

ごめんね！　お姉さんを睨《にら》まないで！　ああ、背中に乙女の鋭い視線が突き刺さる～！

◆

森を抜け、村に近づくと異様な雰囲気になった。まだ陽が高い時間なのに暗く、どこか息苦しい。

「ああ、もう完全に始まっているわね」

長閑《のどか》な風景の中に混じる不穏な空気に顔を顰《しか》める。

「呪いが広がり始めているわ」

村で起こるイベント内容は「呪いをまき散らす魔物を討伐せよ」というものだ。

これは普通に魔物を倒しただけではクリアにはならない。

「とりあえず村まで行ってみましょう。彼らが来ているかもしれないし！」

森や村人に被害が出ることを考えると、不謹慎ではあるが……私のテンションは上がっている！　このイベント、実は炎の勇者をパーティーに参加させることができるようになる『炎の勇者解禁イベント』なのだ。

炎の勇者はヴァーミリオン騎士団の団長をしているNPCで『アレクセイ』という。

アレクセイは正義感の強いイケメンだ。

体格もよく、高身長。真っ赤な髪が印象的で、戦隊モノのヒーローだと間違いなくセンターに立つレッド。とても人気があり、前世の私もよくパーティーに誘っていたキャラだった。

今からゲーム時代の推しキャラに会えるのかと思うと、ライブに行くような気持ちになってわくわくする！

「本当に炎の勇者を仲間に誘うんですか？　騎士団長なら忙しいだろうし、誘わなくてもいいんじゃないでしょうか」

「闇の大精霊を倒すことを目指すなら、彼には協力してもらわないと！　仲間といってもずっと一緒に行動しようというんじゃなくて、協力関係にいて欲しいってことだから大丈夫よ」

「……そうですか」

何故《なぜ》かリヒト君はアレクセイを勧誘することに乗り気ではない。

同じ勇者としてライバル心があるのだろうか。大丈夫、私にとってリヒト君が唯一無二の勇者様なのは変わらないよ！

「着きましたね」

グラニットは森を抜けた草原にある村だ。

開けた視界の先に、モンゴル遊牧民のゲルに似たテントのような移動式住居が点在している。

呪いを受けた場所は黒く腐食していくはずだが、村の中にはまだその様子はない。

「あ、あああああっ！　もう騎士団がきている！」

奥にある一際大きな住居に目を向けると、出入りしている騎士の姿を見つけた。

バタバタと忙しそうにしているから、呪われた魔物を発見したか、呪いを受けた人を運び込んでいるのかもしれない。

「あそこにアレクセイがいるかも！　リヒト君、レッツゴー！」

リヒト君はともかくとして、転生してからゲームのキャラクターに会うのは初めてだ。しかもアレクセイ！　わくわくが止まらない！

思わずスキップをしそうになったが、隣からヒヤリとした空気を感じてハッとした。

「マリアさん、とても楽しそうですね」

「リ、リヒト君？」

リヒト君の笑顔が怖い。はしゃいでごめんね？　呪いの対処はちゃんとするから！

えへへ、と笑って誤魔化していると、騎士たちが慌ただしく動き始めた。

草原を抜けた先にある森の方へと駆け出している。

「呪いの魔物が現れたぞ！　急げ！」

どうやら騎士たちに召集命令がかかったようだ。

リヒト君と顔を見合わせる。うん、私たちも行こう！

「な、何者だ！　この先は危険だ！　去れ！」

「うんうん。危険だからあなたたちも離れた方がいいよ」

「呪いの魔物のことは僕たちに任せて、村の方にいてあげてください」

現場に向かっている騎士たちに止められたが、サクッと追い抜いて進む。

しばらく進むと呪いの気配が濃くなり、腐食した木や地面が現れるようになった。

進むにつれて、腐食した場所が広がっていく。

真っ黒になった視界の先に、とうとう動くものが見え始めた。

「いました！　魔物の気配と……何人か騎士団の人がいますね。戦ってる……うわあ！」

突然立ち上った炎の柱と爆音に、私とリヒト君は驚いた。揺らぐ炎の隙間から赤髪が見える。

「炎の勇者……」

リヒト君の呟《つぶや》きにハッとした。そうだ、こんなことをできるのは一人しかいない！

アレクセイだ！　とはしゃぎそうになったが、このまま樹竜を倒されてはまずい！

呪いの魔物だと思われているのは、実は呪われてしまった樹竜だ。

樹竜も魔物ではあるが、どちらかといえば精霊に近く、森の守り神的な存在である。

樹竜が住む森は緑が豊かになると言われている。

魔物の中にも人に危害を加えるものと、そうでないものがいる。

樹竜は本来人に危害を加えない魔物だが、呪われたことにより暴走しているのだ。

討伐してしまうと樹竜が周囲にまき散らした呪いは解けず、クエストは失敗。

アレクセイは仲間にならない。

樹竜を救うことで全ての呪いが解け、アレクセイにも認められてクリアとなるのだ。

急いで駆けつけると、呪いを受けて倒れている騎士たちがいた。

樹竜を蝕《むしば》んでいる呪いは質《たち》が悪く、呪いを受けると物であろうが人であろうが腐っていく。

この人たちも樹竜を救わない限り助からないだろう。

「マリアさん、あれですね！」

リヒト君の視線の先――、腐食した木々の中央に巨大な黒い幼虫のようなものが蠢《うごめ》いていた。

無数の赤い目がギョロギョロと動いて不気味だ。呪いのせいで本来の姿を失っている。

「うわあ……気持ち悪い……」

リヒト君が後退《あとずさ》っている。綺麗《きれい》なリヒト君には見せたくないくらい気持ち悪い。

関わりたくないがそうも言っていられない。

樹竜は炎の攻撃を受け、大きなダメージを負っているようだった。

倒してしまうと腐食したところが戻らないし、呪いを受けた人も救えない。

騎士団を止めなければ……！　まずは樹竜が暴れないように動きを止めよう。

光魔法で樹竜をスタン――気絶状態にした。もちろんダメージは入れていない。

「ストップ！　攻撃しないで！」

樹竜の前に姿を現し、騎士団へ待ったをかけた。

私に視線が集中する中、真っ赤な髪の男が前へ出てきた。

キリッとした眉《まゆ》に意志の強そうな琥珀《こはく》の瞳《ひとみ》。背は高く、ガッシリとしていて逞しい。

赤銅色の鎧《よろい》、風に揺れる赤いマント。ゲーム通りの姿――騎士団長アレクセイだ。

「わあ、生アレクセイだ……。カメラ！　カメラが欲しい！」

「……マリアさん」

リヒト君に小突かれ、緩みそうになった気を引き締めた。

「お前たちは何者だ！　攻撃をやめろとはどういうことだ！」

ゲーム通りの凛々しい姿に痺《しび》れ……リヒト君、ごめんって！

「あれは呪いを受けている樹竜よ。あのまま倒してしまうと、呪いを受けた人や土地は回復しないの。私たちが解決するから、少し時間を頂戴《ちょうだい》！」

そう伝えるとアレクセイは顔を顰めた。スタン状態の樹竜を見て思案している。

「たしかにあんな魔物は見たことがない。樹竜だという証拠はあるのか？」

「証拠はないけれど、大精霊の武器を持っている勇者様なら精霊に聞いてみて！　樹竜は精霊に近い存在だから、精霊たちだって救えるなら救ってあげたいはずだし」

光の精霊がリヒト君に干渉してくるように、火の精霊もアレクセイに干渉しているはずだ。

だったら問いかけに「ＹＥＳ」か「ＮＯ」かで答えるくらいはしてくれるだろう。

無言のまま立っているアレクセイの反応を待っていると、静かに頷《うなず》いた。

「本当に樹竜のようだな」

思った通り、精霊は助言してくれたようだ。

よかった、ここで確認が取れなかったらどうしようかと思った！

「それで、どうするつもりだ。どうすれば樹竜を救うことができる？」

「ここからすぐ近くのダンジョンに、呪いだけを燃やせる『呪炎花《じゅえんか》』が生えているわ。それを採ってくるから待っていて」

「分かった。だが、俺も同行しよう。少し待っていてくれ。樹竜はしばらく動けないだろうが、諸々指示をしてくる」

アレクセイが同行を申し出る……よし、ゲーム通り！

このまま一緒に行動してクエストをクリアすると仲間になってくれる。

順調だとニヤつきそうになっていたら……。

「僕たちで採ってくるので、ここで待っていてくれて構いませんよ」

「リヒト君？」

え、なにを言い出すの⁉　一緒にきてもらわないと仲間にできないよ！

アレクセイが足を止め、こちらの様子を窺っている。

「でもね、ほら！　騎士団長さんがきてくれると心強いし、お願いしよう。ね？」

私はアレクセイにも届く声でリヒト君を説得する。お願いだから、一緒にきてください！

「来なくて大丈夫です。マリアさんは僕が守りますから」

「うぐっ！」

嬉《うれ》しい！　きゅんとする！　でも……でも！　今はこの笑顔に負けてはいけない！

「リヒト君、闇の大精霊を倒すためには仲間になってもらわないと！」

コソッとリヒト君に囁《ささや》くが、笑顔を崩さないところを見ると私の意見はスルーされている。

どうしようかと戸惑っていると、アレクセイが口を挟んできた。

「君たちが実力者であることは分かるが……女性と子どもだけで行かせるわけにはいかない」

え、紳士！　さすがアレクセイ！　と私はときめいたが、リヒト君の顔からスッと笑みが消えた。

「……僕は子どもではありません」

リヒト君の抗議にアレクセイは目を丸くしたが、ふっと優しい目になるとポンとリヒト君の頭に手を置いた。

「そうか。それはすまなかった」

いい子いい子、という感じだ。前は私もよくやっちゃっていたけど……今は絶対にだめでしょ！

「触らないでくださいっ」

リヒト君が珍しく怒りを露わにし、アレクセイの手を振り払った。これはまずい！

慌ててリヒト君の腕を掴《つか》まえ、こそこそと説得する。

「リヒト君、ゲーム通りの流れだから！　ね？　ね！」

「…………」

「あの、是非ついて来てください！」

アレクセイを誘う私に、リヒト君は不満げな顔をしている。もう、どうしちゃったの～⁉

七章　勝利の女神はどちらに微笑《ほほえ》むか

呪炎花は現在地の近くにある火山のダンジョンに生えている。

グラニット村からも比較的近い。

火山の内部には洞窟《どうくつ》が広がっていて、魔物が多く生息している。

人が立ち入ることはない危険な場所だが、勇者が二人もいるのだから安心だ。

ゲームの知識がある転生者の私もいるしね！

アレクセイは二人の騎士を連れてやってきたが、彼らもそれなりに腕が立つようだ。

火山の中を進むことに不安はなかったが、思っていた以上に安全そうだ。

「さあ、行きましょうか！」

「君たちは下がっていてくれ。我々が前を行く」

張り切った私を制止し、アレクセイが前に出た。
ゲ、ゲームのときと同じ〜！
アレクセイはよく庇《かば》ってくれるキャラで、多くの女性プレイヤーがきゅんとさせられたものだ。

「大丈夫です。騎士団長さんこそ休憩してくださっていいんですよ」

思い出に浸っていると、またリヒト君がアレクセイに突っかかっていた。

「そういうわけにはいかない。君はお姉さんと待っていてくれていいんだよ？」

「待ちません。それにマリアさんはお姉さんではありません！」

「お、お姉さんじゃ……ない！」

血のつながりがないという意味で言っていることは分かっているが、言葉にされると精神的にダメージが……！

ショックで愕然《がくぜん》としているとリヒト君が慌ててフォローし始めた。

「お姉さん！　お姉さんはお姉さんですけど、僕は血のつながった姉じゃないと言いたいだけで……！」

「わあ！　久しぶりにちゃんとお姉さんって言ってくれた！」

「ち、違っ、マリアさん！　説明するために言っただけで、僕はマリアさんって呼んでます！」

「そうやって仲良く待っていてくれ」

「待ってください！　僕が行きます。僕が行った方が早いはずですから」

私たちを見守っていたアレクセイだったが、リヒト君の言葉に表情を変えた。

あれ、もしかして……怒っています？

「どういう意味だ？」

「言葉のままです。僕の方が早く呪炎花を採ってくることができる、ということです」

目が笑っていないアレクセイに私はおろおろしてしまったが、リヒト君はにっこりと笑っている。

火山の中なのにうすら寒く感じるのは気のせいかな？

「……じゃあ、勝負といこうじゃないか」

ニヤリと笑う炎の勇者の精悍《せいかん》な顔に背筋がぞくりとする。

待って待って、話がおかしな方向に行っているから！

一緒に呪炎花を採りにいかないといけないのに、競争してどうするの！

「望むところです！」

リヒト君、のらないでよ！

「皆で一緒に行こう」と説得したいが、こういうときのリヒト君は頑固だということを、お姉さんは三年間で学ばせてもらっているので早々に諦《あきら》めました！

「マリアさんは手出ししないでください！」

「了解でーす……」

思わず遠くを見る。

競争になっても、なんとかアレクセイに仲間になってもらう方法を考えないとなあ。

リヒト君が勝ったら言うことを聞いてもらえるかなあ。

リヒト君とアレクセイはなにやら競争するにあたってのルールについて話し合っている。

そんなに徹底しなくても……本気すぎませんか？

「あの、うちの団長がすみません。病的な負けず嫌いなので……」

女性の騎士が申し訳なさそうに声をかけてきた。

彼女の名前はセラというらしい。もう一人の男性騎士はエメル。

軽く自己紹介を済ませ、この状況に苦笑いを浮かべ合った。

ああー……そういえばアレクセイって負けず嫌いの設定だったなあ。

リヒト君の自分の方が早く採ってこられるという言葉が地雷を踏んでしまったんだろうな。

「それにしてもあの少年、すごいですね。全く隙がない」

騎士さんたちの前ではまだ戦っていないのだが、リヒト君のすごさが分かるらしい。

勇者だとは気づかれていないようだが、強者と悟られるリヒト君はかっこいい。最高。

お姉さんは鼻が高いです！

あ、そうだ。付き合いのなかった人たちと行動を共にしているこの時間はチャンスだ。

しかも相手は騎士団。色々とおいしい匂いがする。私は近くを歩くセラに声をかけた。

「あの、見ていただきたいものがありまして」

「なんでしょう？」

「私、自作のアイテムや防具を売っているんですが、騎士様の目で売り物としてどうなのか見ていただきたくて。これなのですが……」

戦闘能力でリヒト君に追いつかれそうな私は、装備やアイテムの生産に力を入れるようになった。

スキルを活かしての生産は相変わらずリヒト君に協力してもらっているが、作ることができるものの幅も増えてなかなか腕を上げたと自負している。

「これは……アイスソードですね」

騎士の言う通り、取りだしたのはアイスソードだ。

その名の通り氷の剣だが、私が作るものは全て特殊。

氷は火に弱いが、これはちょっとやそっとの火に負けることはない。

でも、騎士たちは普通のアイスソードだと思っているのか苦笑いだ。

火山でアイスソードは使い物にならないと侮っているな？

「よかったら使ってみてください。ほら、ちょうどそこに活きのいいフレイムリザードが！」

「はあ」

フレイムリザードは火属性の魔物だからアイスソードとは本来相性が悪い。

苦笑いを崩さぬまま、女性騎士がアイスソードを渋々受け取った。

半信半疑でアイスソードで一撃を放った瞬間――。

「……え？」

剣の軌道に氷の粒が舞う。そして、フレイムリザードの身体《からだ》は一瞬で凍りつき、砕け散った。

パラパラと落ちる欠片《かけら》を、二人は唖然《あぜん》としながら見ている。

私は思わずニヤリと笑う。どう？　かっこよくない？

「買います」

セラが真顔で言った。

「ちょっと待って、こ、こんな剣、どこで⁉　というか、オレにも売ってください！」

生温かい目で私たちのやりとりを見ていたエメルが話に入ってきた。

ふふっ、食いついたわね！

「私が作りました。実は私、エルフとドワーフのハーフなのです」

「もしかして、あなたが最近噂になっている『謎の女商人』なんですか⁉　とんでもないアイテムや装備を売っているという。たしかに美人で、商人らしくない風貌《ふうぼう》だと聞いたことはありますが」

「ふふふ……さあ？」

近頃私のことが噂になっていると小耳に挟んでいたが、ヴァーミリオン騎士団まで届いていたとは。麗しき謎の女商人――悪くないわね。

でも、もっと私を称するに相応《ふさわ》しい言葉がある。

「ファビュラスな謎の女商人と呼んでください」

「ふぁ？　そんなことより、アイスソードを買います！　いくらですか？」

そんなこと、じゃないんだけどなあ！　私にとっては大事なことなの！

とにかく、今は商売だ。

「お代は『情報』で頂いています。これと同等の情報ならお譲りします」

私はお金で売ることはしない。

お金はもう十分すぎるほどあるし、稼ごうと思えばいくらでも稼げる。

お金よりも貴重なのは情報だ。闇の大精霊についての情報も集めたいしね。

「情報ですか？　そのアイスソードに釣り合う情報と言えば……。アレクセイ団長の女性遍歴なんてどうでしょう？　なかなか悲惨……おもしろいですよ」

「あはは、いいですね！」

今、悲惨って言ったよね？　そういえばアレクセイって女運がなかったなあ。

正直に言うとアイスソードの方が断然価値があるが、いつか役に立つかもしれないし、単純に興味があるからＯＫ！

「オレにもなにか売ってもらえませんか⁉　オレも団長の情報が……」

「おい。なにを話している」

ルールの話し合いが終わったのか、リヒト君とアレクセイが声をかけてきた。

騎士たちはなにもなかった顔をしているが、セラはちゃっかりアイスソードを持っている。

まだ、情報をもらっていませんが？

「お代はあとで払いますね。あ、そうだ！　そういえば団長はマリアベルさんのような強くて美人な方がタイプですよ！」

「え？　私ですか？」

「はい。団長だけではなくて、炎の勇者はそういう傾向があるみたいです！」

「お前、突然なにを言い出すんだ！」

「す、すみません！」

私に見つめられて焦ったセラが、おそらく支払いの一部を払うつもりで言い出したのだと思うが、突然タイプの女性をバラされたアレクセイは気の毒だ。

私のような、と言ってくれているが、こういうときに挙げられるのって社交辞令だし、誰の得にもならない。アイスソード、返してもらおうかな。

そんなことを考えながら彼らの方を見るとアレクセイと目が合った。

「たしかにあなたは美しい人だと思います。樹竜を一発でスタン状態に陥らせる実力も素晴らしい」

「まあ！　ありがとうございます！」

あのアレクセイにお世辞を言ってもらえた！

推しにファンサービスをもらったファンの心境だ。

「これが終わったら、お二人で食事をしたらどうですか！　なんだかお似合いですし！　ということでオレにもアイスソードを……」

「もう、スタートしてもいいですか？」

リヒト君が圧のある笑顔でこちらを見ていた。

口を開いていたエメルは恐怖を感じたのか固まっている。

ごめんね、やる気満々だから早く行きたいよね！

「ねえ、リヒト君。私はリヒト君について行くよ？」

「もちろんです！」

「邪魔だから待っていて」と言われる前について行く宣言をしたつもりだったのだが、笑顔で受け入れられた。

さては駄目って言われてもついて来るのが分かっているな？

リヒト君もお姉さんのことをよく理解してくれていて嬉《うれ》しいです！

「では、始めよう」

「はい」

二人は同時に駆けだした。私たちはあとをついていく。しばらく一本道なので一緒に行動だ。

火山の中はゴツゴツとした岩場が多く、マグマ溜《だ》まりが点々とある。サウナの中にいるように暑いうえ、ときおり地面から当たると火傷《やけど》を負う蒸気が噴き出して危険だ。

でも、アレクセイとリヒト君は突然噴き出す蒸気も見事に回避しながら駆け抜けている。

「なかなかいい走りだな、少年」

「ありがとうございます」

「団長！　速いっす――――！」

リヒト君とアレクセイは和やかに会話をしているが、猛スピードで進んでいる。

今はスピード勝負をしているようだ。笑顔の間でバチバチと火花が飛び散っている。

私はついて行けるが、セラとエメルは必死だ。

「お前たちはあとからきてもいいんだぞ」

「そういうわけにはいきません！　って、置いていくなあああぁ」

リヒト君とアレクセイがさらにスピードを上げたので、セラとエメルが遠ざかっていく。

ああー……お疲れ様でした……。

「おっと、面倒なのがいるな」

ダンジョンの中なので当然魔物がいる。進行方向にフレイムアントという蟻型の魔物が現れた。

蟻といっても大型犬ほどの大きさがあり、中には羽があって飛ぶ個体もいる。

今は十匹ほど姿を見せているが、地面の裂け目からどんどん湧いて出てくる。

飛ばないものは無視をして通っても問題ないが、羽があるものは追いかけてくるのだ。

飛ぶスピードだけはピカイチなので、倒しておいた方が鬱陶《うっとう》しい思いをしないで済む。

羽があるものだけでも倒しておくべきだろう。いや、魔法でパパッと全滅させようか、と考えているうちに前にいた二人が動いていた。私の出番はなさそうだ。

それなら私は他のことをしよう。近くにあった石柱のように立っている大きな岩石に爆発の魔法をぶつけ、倒す。倒れた岩石はフレイムアントが湧き出ている裂け目を覆った。

よし、これでこれ以上湧くことはない。ゲームでもやった手口だ。

「マリアさん！」

「うん？　あ！」

塞《ふさ》ぐことができて満足していると、リヒト君の焦ったような声が聞こえた。何事？　と思ったところで、上空から割れた岩石の一部が降ってきていることに気がついた。

おっと、油断してしまったようだ。回避しようと思ったが、その必要はなく――。

「大丈夫か？」

アレクセイが上空で岩石を破壊してくれた。小石と土埃《つちぼこり》が舞う。

「ありがとう」

わあ！　アレクセイが助けてくれた！　ＳＮＳがあったら書き込んで自慢できるな～。できれば破壊するのではなく、そのまま吹っ飛ばしてくれた方が小石に当たらずに済んだけどね！

「マリアさん、怪我《けが》はなさそうですね。頭に小石がのっていますよ」

え、リヒト君が近い!? リヒト君は庇《かば》おうとしてくれたようで、私に腕をまわし、抱きかかえるようにしていた。

リヒト君は自分の頭にのった小石を払うと、私の頭も綺麗《きれい》にしてくれた。リヒト君になでなでしてもらっているようでちょっと嬉しい。

「リヒト君ありがとう～！」

「どういたしまして。でも、油断しては駄目ですよ？ 僕たちがなにもしなくても大丈夫だったと思いますけど……。マリアさんが怪我をするのは嫌です」

「うん！」

「あの岩石を倒した力量も、魔物が湧くのを防いだことも素晴らしいな。よかったら俺のところにこないか？」

「はい？ 俺のところにこないか？」

古風な口説《くど》き文句ですか？ そんな歌詞を前世で聞いた気がする。

「あ、いや、騎士団に入らないか、ということだ」

突然のスカウトに驚いていると、リヒト君が私の手を引いて進みだした。

「マリアさんは僕と旅をしているので入りません。ほら、勝負を継続しますよ。行きましょう！」

「そうだな。この話は時間があるときにしよう」

リヒト君の言う通り、私は入りませんよ？

アレクセイも再び進み出し、勝負を再開する。

それから少し進んだところでアレクセイは別のルートに進んだ。

「じゃあな、少年」

「え？」

地図では行き止まりになる方向に進んだアレクセイに、リヒト君は首を傾《かし》げていたが、気にせず今のルートを進むことにしたようだ。もちろん私はリヒト君と一緒だ。

「ねえ、リヒト君。アレクセイが関わると少し様子がおかしいけれど、どうしたの？　こんな競争まで始めちゃって」

「どうもしていませんよ？」

「そうかなあ」

「そうですよ」

のんびり話しているけれど、余程負けたくないのか猛スピードで進んでいる。

お姉さん、結構必死について行っていますよ。

「ねえ、マリアさん。僕はマリアさんを守れる勇者になりたいんです」

「うん？　もういっぱい守ってもらっているよ？」

戦闘でもリヒト君が積極的に前に出てくれているし、よく庇ってくれる。

精神面だってとても助けられているし。一人じゃないということが、どれだけ楽しくて心強いか教えてもらった。守られてばかりだよ？

「マリアさんは……背が高い方が好きですか？」

「リヒト君の身長の話？　リヒト君は低くても高くても魅力的よ！　出会った頃の小さかったリヒト君も大好きだし、今だって大好きよ！　大きくなるのも楽しみね！」

ニコッと笑いかけると、きょとんとしていたリヒト君がクスクス笑い始めた。

「そういうことじゃなかったんですけど……もういいです！」

「そう？」

よく分からないけれど、リヒト君の機嫌がよくなった気がするからいいか！

◆

火山の中は魔物が多く、倒しているとタイムロスになるため無視をして駆け抜けた。

一時間は走ったと思う。

ゴツゴツした岩場が多かったため、移動が大変で結構疲れたよ。

アレクセイからもらったという地図を見ながら進むリヒト君のあとをついて行くと、大きな空洞に出た。奥には溶岩が流れて熱気がすごい。暑いなあ。

「たぶんここに咲いているとと思うんですけど……」

リヒト君がキョロキョロと辺りを見回す。

「あ、花がありました！」

狙っていた呪炎花を見つけた。だが、流れる溶岩の向こう岸に生えている。

かなり距離があるし、飛び越えるのは無理だろう。

これだけの溶岩を凍らせることは不可能だし、溶岩の上を渡る術《すべ》もない。

「向こう岸に出るルートを探さないと……あ！」

叫んだリヒト君の視線の先、呪炎花が生えている向こう岸に爆炎が上がった。あの炎は……。

現れたのはフレイムリザードを倒し終えたアレクセイだった。

アレクセイはこちらに気づき、ニヤリと笑った。

急に現れて驚いたが、上部に抜け道があったようでそこを通ってきたようだ。

リヒト君がアレクセイに向かって叫ぶ。

「地図にはそんな道ないですよ！　自分だけ正確な地図を使いましたね⁉　僕の地図にはここに溶岩が流れていることも載っていないないじゃないですか！」

「俺が持っているのはお前が持っている地図と一緒だ。スタート前に確認しただろう？　溶岩のことは載っていないが、地図を見れば予想できたはずだよ」

リヒト君が握りしめている地図を覗《のぞ》き込む。

あー…たしかに。ここに溶岩が流れていることは描かれていないが、近くに溶岩が溜まっている場所があることは描いてある。

火山のダンジョンだとよくあるんだよね。

溶岩が地図に描かれていないところを流れていたり、噴き出してきたりすることが。固まった溶岩で地形が変わっていたりすることもある。

「ち、地図じゃないなら、道があるのを知っていて隠していましたね！」

「フレイムリザードを見かけたから習性を考え、利用できるはずだと予想してあとを追ったんだ。奴らはここにずっと住み着いている魔物で知能も高い。侵入者の目的が大方呪炎花だということは分かっているから先回りするはずだ、とね。結果は今の通りだ。冒険者をするなら、地図に道がなくても目的地に辿《たど》りつかなければならない事態に陥ることもあるだろう。覚えておくといい」

「…………っ！」

リヒト君は言葉を詰まらせる。

「君はまだ経験を積んでいる途中だ。君と同じ歳だった頃の俺と勝負をしたなら、君の圧勝だったよ。大したものだ」

アレクセイが大人の余裕を見せながら微笑《ほほえ》む。

「……負けた」

「リヒト君……」

リヒト君はとてもくやしそうだ。ああっ、目に涙が溜まっている！

自分の力でやりたいだろうからとなにも言わずにいたけれど、助言した方がよかったのかも。

「団長！　部下を放置して全力疾走したくせになにを偉そうにしているんですか！」

暗い空気になっている私たちの耳に怒声が響いた。

アレクセイの方を見るとセラとエメルがアレクセイに怒鳴っていた。あ、追いついていたんだね。

「そうですよ！　少年相手に本気を出しすぎていて引きました！　騎士団長として以前に一人の大人としてどうなのでしょう！」

「そうですよ！　ちょっと顔がいいからっていい気になるな！」

エメル、それは普段から抱いているただの僻《ひが》みじゃない？

「いや、だが……勝負の厳しさを……本気を出すのは礼儀で……」

「自分が負けたくないだけでは？　そんなんだから変な女性にばかり引っ掛かるんですよ」

「ぐふっ……」

あなたたち、上司相手にそんなことを言っても大丈夫なの？

私はちょっとすっきりしたけれど。

元アレクセイのファンだけれど、リヒト君に悲しい思いをさせるのは許せない。

「ふふっ、騎士団長さんすごく叱られていますね」

よかった、リヒト君も笑っている。目が合うとにこりと微笑んでくれた。

「くやしいですけど、本気を出してくれたみたいなのでよかったです。勉強になりました」

「リヒトく～ん！」

ああっ、なんていい子なの！　やっぱりリヒト君が最高！

責められたアレクセイがしょんぼりし始めたとき、洞窟《どうくつ》内に「ドーン」と大きな地響きがした。

「地震⁉」

洞窟全体が揺れ、ぱらぱらと天井から小石が降ってくる。これはまさか……！

「樹竜が暴れ出したみたいだな。呪炎花を採って、急いで戻るぞ！」

呪炎花を持ってすぐに駆け出したアレクセイをセラとエメルが追いかける。

「リヒト君、私たちも行こう！」

「はい！」

◆

「退避だ！　逃げろ！」

「呪いに触れると終わりだぞ！　気をつけろ！」

アレクセイたちと出会った場所に戻ると、目を覚ました樹竜が暴れて森を破壊していた。

木々は倒され、ばら撒《ま》かれた呪いで腐食が進む。

何人かの騎士も呪いを受けたようで倒れている。早く対処しなければ……！

「呪炎花を使うぞ！　樹竜の動きを封じていてくれ！」

「分かりました！」

「樹竜に直接触っちゃだめ！　私たちに任せて！」

物理攻撃で押さえ込もうとしていたセラとエメルを止める。

今の樹竜は触れただけで呪われてしまう。

もう一度スタンをかけたが今度は成功しなかった。

アレクセイの攻撃で体力が減り、私のスタンを受けた樹竜は興奮状態にあるのかもしれない。

そうなるとスタンの成功確率も下がる。なんとか鎮めないと……。

「リヒト君！　光の魔法で浄化と回復をしてみて！」

「分かりました！」

リヒト君が魔法を使う。暴れていた樹竜が少しずつ鎮まっていく。

「マリアベルさんのスタンもすごかったが、この光の魔法は……」

セラがリヒト君の魔法に驚いている。

光の勇者であるリヒト君の光の魔法は、私が使うものよりも遥《はる》かに精度が高い。

というか、リヒト君の光の魔法と並ぶことができるのは光の大精霊くらいだろう。

「さすがはリヒト君！　これならスタンも………よし、効いた！　今よ！」

私の合図でアレクセイが採ってきた呪炎花を樹竜の口の中に放り込んだ。

すると樹竜の身体《からだ》が燃え上がり、樹竜の身体を覆っていた呪いがぼとぼとと溶けるように落ちていき――。

しばらくすると、長い木の胴に葉の鱗《うろこ》をまとった蛇のような竜が姿を現した。

これが樹竜の本来の姿だ。

「呪いが解けた！」

「まだよ！　完全に解けていないわ！」

樹竜は葉でできた鱗の隙間にある蕾《つぼみ》に花が咲いて完全な姿となる。だが花が一向に咲かない。

ふと、呪いの中に闇の精霊の気配を感じた。闇の精霊の力で呪いが解けにくいのだろうか。

呪炎花の炎がもっと強ければ、呪いを燃やしきることができるのかもしれないが……。

「ちっ、どうすれば……！　追加の呪炎花を採りに行っている時間はない！　殺すしかないのか！」

「僕に任せてください！」

リヒト君が手にしたのは光の勇者である証。

リヒト君によって私の名前を与えられた大精霊の武器『マリアベル』だ。

「それは……！」

アレクセイが『マリアベル』を見て目を見開く。

そうか、大精霊の武器なら呪いだけを消すことができるかもしれない！

呪いは闇属性。対となる光属性には弱いので『マリアベル』なら効果は絶大だろう。でも――。

リヒト君はまだ大精霊の武器を使いこなせていない。

大きすぎる力を制御できず、リヒト君が怪我《けが》をしてしまうことがあったので、実戦にはまだ使わずにいたのだ。

「リヒト君！」

リヒト君は目が合うと、心配する私を安心させるように微笑んだ。

「大丈夫です。使いこなしてみせます！」

……リヒト君ならきっと大丈夫。リヒト君を信じよう。

「……あっ！」

「グオオオオオオオオオオオ！！！」

リヒト君の動きを察知したのか、樹竜が勢いよく暴れ出した。

そして巨体を恐るべきスピードで動かし、まっすぐ私の方へ突っ込んできた。

「マリアさんは僕が守ります！」

リヒト君が『マリアベル』に光を宿し、樹竜に向かって素早く駆け出した。

「リヒト君……！」

凛々しい横顔が格好よくてどきりとする。ああ、今のリヒト君はまさしく光の勇者様だ。

強い光を放つ『マリアベル』を振り上げる。そして——。

「呪いよ、消え去れ！」

樹竜の身体を一閃《いっせん》した。

すると樹竜の身体は傷つくことなく、残っていた呪いだけが斬り払われた。

樹竜の身体が白い光に包まれる。

「あ」

樹竜の鱗に、ひとつ、またひとつと花が咲き始めた。

それと同時に呪いによって腐食していた大地が元の姿を取り戻していった。

「や、やった……魔物を倒した！」

「違う！　樹竜を救ったんだ！」

「わあああ！」という騎士たちの歓声が響いた。

はあ、よかった。ゲームの通りとはいかなかったが、樹竜を救うことができた。

今頃呪いを浴びてしまっていた人たちも皆元の姿を取り戻しているだろう。

「綺麗《きれい》な花ですね」

「そうね」

リヒト君が咲かせた花だから余計にそう見える。

樹竜はリヒト君に感謝するように花吹雪《はなふぶき》を吹かせると、空気に溶けるようにスッと消えていった。

「その武器……光の大精霊の武器か」

ざわざわと周囲が騒々しくなる中、アレクセイがやってきた。

「只者《ただもの》ではないと思っていたが、君は光の勇者なのだな」

「はい。実は……炎の勇者であるあなたにお話があって会いにきたんです」

「……聞かせてもらおう」

場所を変え、私たちは三人で話をした。

◆

「闇の大精霊、か」

私が転生者ということなどは話していないが、闇の大精霊が魔王級の魔物を生み出している可能性を伝えた。

今回の樹竜やドルソの影竜のように魔王級に近い魔物が増えていることや、そのたびに闇の精霊の気配を感じることが気になっている。もしかしたら闇の大精霊の動きが活発化しているのかもしれない。

それにカトレアやルイたちが持っていた経験値を奪うブレスレットや人を操る指輪、魔物を呼ぶ石についてもずっと気になっている。なにか関係があるのだろうか。

ゲームのときには深読みすることはなかったが、樹竜は何故《なぜ》呪われることになったのだろう。

不穏な空気を感じつつあるので、より炎の勇者の協力は得ておきたい。

アレクセイは闇の大精霊に関して心当たりがあると言う。

「魔王級の魔物を倒したことがあるが……。たしかにその際、闇の精霊の気配を感じたことがあった。だが、それが真実かどうかは確認しなければならない」

「それはもちろん」

私たちも全てがゲームの通りだとは思っていない。

大精霊という存在をこの世から消してしまっていいのかも分かっていない。

「だが、それが真実なら闇の大精霊を放ってはおけない。勇者として、共に戦おう」

「はい」

アレクセイが差し出した手を、リヒト君が握った。

そうだよ、これを待っていたんだよ！　よかった……勇者が手を取り合ってくれて！

「マリアベルもよろしく」

「あ、こちらこ……」

アレクセイの手を握ろうとしたのだが、なぜかリヒト君がもう一度アレクセイと握手をしていた。

「マリアさんの分も僕がやっておきますね」

「え？　ありがとう？」

握手って代理がいるものだっけ？　特に異論はないのでいいけれど。

「マリアさん」

リヒト君がこそこそ話をしてきたので、耳を寄せる。なになに？

「アレクセイさんって悪い女性に騙《だま》されてばかりいるらしいですよ！　近くにいたらトラブルに巻き込まれるから離れていた方がいいそうです！　修羅場が絶えないって！」

「なっ」

地獄耳なのか聞こえていたアレクセイが顔を引き攣《つ》らせた。

どうしてリヒト君が……と思ったらセラがこちらを見てウィンクしている。

え？　アイスソード料の情報をリヒト君にも話したの？

「おい、セラ！　子どもになにを吹き込んだ！」

「あ、また！　僕は子どもじゃありません！」

あ、また揉《も》める予感が……。

リヒト君とアレクセイが勝負をするという予想外のことは起こったが、とにかく炎の勇者を仲間にするというイベントは「無事クリア！」ということで！

◆

アレクセイたちと別れ、今日泊まる場所へ向けて二人並んで歩く。

日が暮れて暗くなった道を歩いていると、まだ出会ったばかりの頃を思い出した。

食堂で楽しい時間を過ごした帰り道――。リヒト君とこの世界で楽しいことをいっぱいしていくんだ！　と誓ったあの日の気持ちが蘇《よみがえ》ってくる。

「ねえ、リヒト君！　少し遠回りして散歩していかない？」

「いいですね！」

舗装された道をそれて、自然が多い方へと足を向ける。

公園の遊歩道だと気分的に最高なのだが、あいにくあまり美しいとは言えない獣道だ。

どこだってリヒト君と歩くなら楽しいけどね！

「あ、精霊がいますね」

のんびり歩いていると、暗闇の中にほわほわと浮かぶカラフルな光が見えた。

光の精霊だけではなく他の属性の精霊もいるようだ。

精霊たちはリヒト君を迎えに来たのか、私たちの周囲をぐるりと回るとどこかに向かう。

「誘っているんですかね？」

「そうかもね。ついて行ってみる？」

「はい。行ってみましょう！」

精霊に誘導してもらうなんてファンタジーだなあ！

この世界で生きていくことに慣れていたはずだが、前世でゲームをしていたときのような気持ちになってわくわくする。

森の奥へと進み出し、しばらく経ったところで精霊たちがバーッと先に行った。

目的地についたのだろうか。

リヒト君と足早に追いかける。そこで見た光景は――。

「わあああ！　すごく綺麗な花畑だ！」

見渡す限りの花の絨毯《じゅうたん》。色んな色、色んな品種の花が咲いている。

精霊たちがたくさんいるから、夜なのに花畑はライトアップされているように綺麗に見える。

「精霊たちはリヒト君にこれを見せたかったんだね！」

「きっとマリアさんのことも招待したかったんですよ。精霊たち、マリアさんとここに連れてきてくれてありがとう」

リヒト君がお礼を言うと、精霊たちは照れたように忙《せわ》しなく動いた。

「きゃー！　推しにお礼言われちゃったあ！」という感じに見える。

「お花、少し摘んでもいいかな？」

リヒト君が精霊に尋ねると、精霊たちはちかちかと光って了承の意を見せた。

花を摘む美少年――。絵になりすぎて、現実なのかどうか分からなくなってきた。

花畑を見渡していると、サーッと気持ちいい風が吹いた。

花びらが舞い、いい香りがする。高揚していた気持ちが少し落ち着く。

あまりにも幻想的な空間にいるからか、ふと思っていても聞けなかったことが口から出た。

「……ねえ、リヒト君。元の世界に帰りたいとは思わない？」

「え？」

リヒト君が花を摘む手を止め、私を見た。

数秒間目が合ったが、リヒト君はすぐに花摘みを再開した。

「元いた世界では僕がいなくなって、周りの人に心配をかけたり、迷惑をかけたりしたかもしれません。謝って『元気だよ』って伝えたいなと思うことはありますけど、帰りたいとは思いません」

「そうなんだ。……でも、家族に会いたくない？」

「……大事な人には、どこかで『僕は元気だよ』って伝わっている気がするんです。それに僕は勇者になって、マリアさんと一緒に生きていくって決めましたから」

「リヒト君……」

「マリアさん。これ、覚えていますか？」

花摘みをやめ、立ち上がったリヒト君が差し出したのは小さな五色の花束だ。

「もちろん！　ドルソでくれたものと同じじね」

「そうです」

精霊六属性にあやかった六色だと、人生を共にしたいっていうプロポーズ。

一色足りない五色は、いつか六色にしたいという告白だと聞いた。

あのときリヒト君は「これからもよろしくお願いします」という意味を込めて渡してくれた。

「また、受け取ってくれますか?」

照れくさそうに渡してくれるリヒト君に、私は思わず叫んだ。

「嬉《うれ》しい！　ありがとう！」

嬉しくて泣きそうだよ！　あ、涙出たかも！　そうだ、私もリヒト君に贈りたい。

精霊に少し花を摘ませてと頼み、リヒト君に似合いそうな花を選んでいく。

「いつか……」

「うん？　なに?」

「いえ、なんでもないです」

「よし、できた！」

集めた五色の花を束ね、リヒト君に差し出す。

「ねえ、リヒト君。今日は樹竜の攻撃から守ってくれてありがとう。いつもありがとうね」

「お礼はいりません。僕がマリアさんを守りたいんです」

リヒト君は花束を持つ私の手ごと、両手で包んで満面の笑みを浮かべた。

「だって僕はお姉さんの勇者ですから！」

あとがき

本書を手に取ってくださり、ありがとうございます。花果唯《はなかゆい》と申します。

本書は、２０２０年にカクヨムで実施された「第５回カクヨムＷｅｂ小説コンテスト」の異世界ファンタジー部門で特別賞を受賞した『本物の方の勇者様が捨てられていたので私が貰《もら》ってもいいですか？』を加筆修正したものです。

ありがたいことに私のＷｅｂ作品を書籍化していただくのは四作目なのですが、賞をいただいたのは初めてだったので嬉《うれ》しさもひとしおでした。

カクヨムＷｅｂ小説コンテストには読者選考もありますし、受賞できたのは読んでくださった読者様のおかげです。

たくさんあるＷｅｂ小説の中から本作を選び、読んでいただけたことだけでも光栄なのに、このような機会も与えていただいて本当にありがたいです。ありがとうございました！

書籍版はＷｅｂ版を改稿・加筆しているのですが、一段と面白く仕上がったと思います。

キャラクター達の姿も、村上《むらかみ》先生がとても素敵に描いてくださっています。

リヒト君の姿を思い浮かべながら読んでくださると、より一層マリアベルのようにきゅんきゅんしていただけると思います。

マリアベルも強く美しく描いてくださっているので、活躍する場面を思い浮かべるとテンションが上がりました。

世界観や魅力を広げてくださった村上ゆいち先生には、感謝の念に堪えません。

ありがとうございました！

そして尽力してくださった担当様、ありがとうございました！

本書を完成させるまでの経験は、作家をしていくうえでとても貴重なものになったと思います。

この経験をいかして、これからも多くの方に楽しんでもらえるような作品を書いていきたいと思います。

そして関わっていただいた皆様へ、心から感謝申し上げます。

お便りはこちらまで

〒102－8177
カドカワBOOKS編集部　気付
花果唯（様）宛
村上ゆいち（様）宛

カドカワBOOKS

本物《ほんもの》の方《ほう》の勇者様《ゆうしやさま》が捨《す》てられていたので私《わたし》が貰《もら》ってもいいですか？

2021年２月10日　初版発行

著者／花果唯《はなかゆい》

発行者／青柳昌行

発行／株式会社KADOKAWA

〒102-8177
東京都千代田区富士見2-13-3
電話／0570-002-301（ナビダイヤル）

編集／角川ビーンズ文庫編集部

印刷所／大日本印刷

製本所／大日本印刷

Printed in Japan
ISBN 978-4-04-111051-5 C0093

新文芸宣言

かつて「知」と「美」は特権階級の所有物でした。

15世紀、グーテンベルクが発明した活版印刷技術は、特権階級から「知」と「美」を解放し、ルネサンスや宗教改革を導きました。市民革命や産業革命も、大衆に「知」と「美」が広まらなければ起こりえませんでした。人間は、本を読むことにより、自由と平等を獲得していったのです。

21世紀、インターネット技術により、第二の「知」と「美」の解放が起こりました。一部の選ばれた才能を持つ者だけが文章や絵、映像を発表できる時代は終わり、誰もがネット上で自己表現を出来る時代がやってきました。

UGC（ユーザージェネレイテッドコンテンツ）の波は、今世界を席巻しています。UGCから生まれた小説は、一般大衆からの批評を取り込みながら内容を充実させて行きます。受け手と送り手の情報の交換によって、UGCは量的な評価を獲得し、爆発的にその数を増やしているのです。

こうしたUGCから生まれた小説群を、私たちは「新文芸」と名付けました。

新文芸は、インターネットによる新しい「知」と「美」の形です。

2015年10月10日
井上伸一郎